Dr. Sabina Pettitt

Kurzreferenz der Pazifikessenzen

Alle Rechte der Vervielfältigung, Verbreitung und Übersetzung vorbehalten. Kein Teil des Werkes darf in irgendeiner Form ohne ausdrückliche schriftliche Genehmigung des Autors reproduziert, verarbeitet, vervielfältigt oder verbreitet werden.

© 2024 Sann GmbH, Schweinheimer Str. 6 B, 63739 Aschaffenburg, Deutschland

Verlag: BoD · Books on Demand GmbH, In de Tarpen 42, 22848 Norderstedt
Druck: Libri Plureos GmbH, Friedensallee 273, 22763 Hamburg

ISBN-10: 384-233-741-1
ISBN-13: 978-3-8423-3741-1

Texte: Sabina Pettitt
Herausgeber: Carsten Sann
Titelfoto: Beboy - Fotolia.com
Satz: Carsten Sann

Die Deutsche Nationalbibliothek verzeichnet diese Publikation in der Deutschen Nationalbibliografie; detaillierte bibliografische Daten sind im Internet über http://dnb.d-nb.de abrufbar.

http://www.pacificessences.de
info@pacificessences.de

INHALT

EINLEITUNG

Pacific Essences widmet sich der Förderung von Blüten-, Meeres- und Edelsteinessenzen als einem nicht-invasiven, sanften und effektiven Werkzeug zur Heilung. Wir glauben, dass eine Essenz die Manifestation von Spirit in materieller Form ist. Sie zeigt sich als die individuelle Schwingung oder Frequenz in allem Lebendigen. Sie ist der energetische Abdruck der Lebenskraft einer bestimmten Pflanze.

Sie sind mehr als nur Ihr Körper! Optimale Gesundheit und Wohlbefinden sind etwas, das ganzheitlich betrachtet werden muss. Essenzen unterstützen uns dabei, auf körperlicher, mentaler, emotionaler und spiritueller Ebene wieder ins Gleichgewicht zu kommen. Mit Essenzen kann man bewusst entscheiden, welche Energien man in seinen Körper/Geist integrieren möchte. Dabei können sie uns helfen, die bewusste Manifestation einer idealen Körper/Geist-Erfahrung zu erschaffen.

Die Traditionelle Chinesische Medizin (TCM) und Ayurveda aus Indien sind uralte und anerkannte Systeme, die sich mit Ungleichgewichten energetischer Natur in Körper und Geist befassen. Sie wurden entwickelt, um eine tiefe, anhaltende und ganzheitliche Homöostase zu ermöglichen. Pacific Essences integriert die Erkenntnisse dieser weisen Traditionen mit dem Konzept von Schwing-

ungsmitteln. Essenzen harmonisieren die Energiekanäle (Meridiane) und Energiezentren (Chakren) und unterstützen auf diese Weise eine optimale Gesundheit. Stress ist eine der größten Herausforderungen für unser Wohlbefinden und Essenzen sind ein sanftes, sicheres und effektives Mittel, um Stress zu reduzieren.

Anwendung

Die Essenzen von Pacific Essences können sowohl alleine als auch als Ergänzung zu anderen Methoden, wie z.B. Nahrungsergänzungsmitteln, Massage, Akupunktur, Fitnesstraining, etc. verwendet werden.

Alle Essenzen werden als Stockbottles (Vorratsflaschen) geliefert. Man kann sie direkt anwenden indem man sie unter die Zunge oder in ein Glas Wasser gibt. Wunderbare Möglichkeiten, von der Energie der Essenzen zu profitieren sind auch die Badewanne, eine Duftlampe, ein Raumluftbefeuchter oder jede andere Art und Weise, die Ihnen einfällt. Natürlich kann man die Essenzen auch auf den Körper tropfen, wobei man jedoch Schleimhäute und Hautverletzungen aussparen sollte.

Ein guter Anfang für die Dosierung sind elf Tropfen morgens und abends. Bei Essenzen gibt es jedoch keine allgemeingültige Dosierung. Entweder man testet die optimale Menge

5

per Biotensor, Muskeltest, Pendel, etc. aus, oder man verlässt sich auf die eigene Intuition: Fühlt sich die aktuelle Menge gut an oder möchte ich mehr (oder weniger) Tropfen. Fühlt sich die Häufigkeit gut an oder möchte ich die Essenz häufiger (oder seltener) anwenden. Unsere Intuition ist in vielerlei Hinsicht ein sehr guter Ratgeber – bei der Anwendung von Essenzen ist sie es ganz besonders.

Einnahmeflasche

Eine besonders ökonomische Weise, die Essenzen zu verwenden, ist die Herstellung einer Einnahmeflasche. Dabei werden 11 Tropfen der Stockbottle in eine Pipettenflasche gegeben, die mit einem Gemisch aus 25 % Weinbrand und 75 % gutem Quellwasser gefüllt ist. Natürlich kann man auch jede andere Anzahl von Tropfen nehmen, die entweder ausgetestet wurde oder sich für Sie besser anfühlt. Anschließend wird die Flasche verschlossen und gründlich verschüttelt. Die Essenz aus der Einnahmeflasche sollte direkt unter die Zunge oder auf die Haut gegeben und nicht weiter verdünnt werden.

Nach unserer Erfahrung ist die Wirkung der Einnahmeflasche nicht stärker oder schwächer als die Wirkung der Tropfen aus der Stockbottle. Dennoch lässt sich ein Unterschied in der Art feststellen, dass die unverdünnte Stockbottle eher auf den grobstofflichen Ebenen (z.B. physischer Körper) effektiv ist, während die Einnahmeflasche eher auf den feinstofflichen Ebenen (z.B. Emotionalkörper) wirkt.

Qualität

Pacific Essences Produkte werden mit qualitativ hervorragendem Weinbrand und artesischem Quellwasser hergestellt. Auch auf energetischer Ebene lassen sind die Essenzen von besonders guter Qualität, wie der schon mehrfach durchgeführte Hado Test, der die Kraft und Qualität auf energetischer Ebene misst, in Japan zeigt. Bei diesem Test wurde die Energie der Essenzen wiederholt als „extrem hoch und konsistent" eingestuft.

Pacific Essences fühlt sich verpflichtet, „Essenzen mit Integrität" zu machen, die bewusst und mit Respekt für und Rücksichtnahme auf die Natur und alle Wesen hergestellt werden.

6

ÜBERSICHT ÜBER DIE ABKÜRZUNGEN

Die Schwingungsmittel von Pacific Essences haben aufgrund der engen Verbindung zur Traditionellen Chinesischen Medizin und der ayurvedischen Chakrenlehre alle direkte Zuordnungen zu den Energiekanälen und Energiezentren unserer energetischen Anatomie. Bei der Beschreibung der Essenzen werden diese Zuordnungen durch folgende Abkürzungen übersichtlich dargestellt. Die Zuordnung zu den Fünf Elementen, auch Fünf Wandlungsphasen genannt, ergibt sich aus den Meridianen der TCM

Meridiane		**Chakren**	
Ma	Magenmeridian	**1**	Wurzelchakra, Basischakra
MP	Milz/Pankreas Meridian	**2**	Sakralchakra, Sexualchakra
He	Herzmeridian	**3**	Solarplexus Chakra
Dü	Dünndarmmeridian	**4**	Herzchakra
Bl	Blasenmeridian	**5**	Kehlchakra
Ni	Nierenmeridian	**6**	Stirnchakra, Drittes Auge
KS	Kreislauf-/Sexus Meridian, Herzbeutelmeridian, Meister des Herzens	**7**	Kronenchakra
		Hi	Hinterkopfchakra
3E	Dreifacher Erwärmer Meridian	**Mi**	Milzchakra
Gb	Gallenblasenmeridian	**MM**	Meng Mein
Le	Lebermeridian	**Na**	Nackenchakra
Lu	Lungenmeridian	**Nb**	Nabelchakra
Di	Dickdarmmeridian		
ZG	Zentralgefäß, Konzeptionsgefäß		
GG	Gouverneursgefäß, Lenkergefäß		

DIE BLÜTENESSENZEN

Die Pacific Essences Blütenessenzen werden in der einzigartigen natürlichen Umgebung von Vancouver Island, ganz im Südwesten Kanadas, nach der Sonnenmethode hergestellt. Es werden hierfür ausschließlich wild wachsende Pflanzen verwendet und die Blüten werden nach Möglichkeit hierfür nicht abgepflückt. Jede Blütenessenz ist Meridianen und Chakren zugeordnet. Dies ist eine Information, die es ermöglicht, zusätzliche Hinweise und Assoziationen dazu zu bekommen, was das jeweilige Thema für die Person, die die Essenz anwendet, bedeutet.

Alum Root

Heuchera micrantha

Die Macht des Kleinen. Manifestation des Göttlichen. Die Fähigkeit, sich in vorgegebenen Mustern bewegen können, ohne sie für sich „verbiegen" zu müssen, Bereitschaft, zu wählen, einfach „zu sein". Bei Machtkämpfen und Konflikten.

Meridiane: KS
Chakren: 4
Elemente: Feuer

Arbutus

Arbutus menziesii

Spirituelles Tonikum. Verbessert die Qualitäten von Tiefe und Integrität. Hilft uns, uns als Verkörperung von Spirit zu erfahren. Bei Heimweh, Sehnsucht, Verlassenheit.

Meridiane: Lu, Le
Chakren: 7
Elemente: Metall, Holz

Bluebell

Endymion non-scriptus

Hemmungen aufgeben. Um die Kanäle der Kommunikation zu öffnen. Hilft uns, unsere Einzigartigkeit auszudrücken, und wenn wir Angst davor haben, verurteilt zu werden. Bei Begrenzung, Schüchternheit, Sprachlosigkeit, Unwohlsein, Erschöpfung.

Meridiane: Lu, Ni
Chakren: 5
Elemente: Metall, Wasser

Blue Camas

Camassia quamash

Hilft, zu akzeptieren und unterstützt Objektivität, bringt Intuition und Ratio ins Gleichgewicht. Vereint linke und rechte Gehirnhälfte. Bei Lernproblemen oder Unfähigkeit, aus Erfahrungen zu lernen.

Meridiane: Ni, Bl
Chakren: 3, 5
Elemente: Wasser

Blue Lupin

Lupinus rivularis

Für klares und präzises Denken. Kann dabei helfen, deprimierende Gedanken zu erhellen. Vereinfacht die Dinge. Hilft dabei, unsere Aufmerksamkeit zu fokussieren. Bei Verwirrung, Frustration, Verzweiflung.

Meridiane: Le
Chakren: 1
Elemente: Holz

Camellia

Camellia sasanqua

Katalysator um sich für neue Einstellungen zu öffnen, die unsere wahre innere Natur wiederspiegeln. Ausdehnung über die Grenzen selbst gewählter Begrenzungen hinweg. Bei Schuld und Scham. Wenn man verschlossen für neue Erfahrungen ist.

Meridiane: Di
Chakren: 3
Elemente: Metall

Candystick

Allotropa virgata

Körperliches Tonikum. Löst Anspannungen im Beckenbereich und fördert die richtige Ausrichtung des Beckens. Löst die blockierte Energie im Zusammenhang mit Abtreibung oder Fehlgeburten. Freier Wille.

Meridiane: Ni, Bl
Chakren: 2, 5
Element: Wasser

Chickweed

Stellaria media

Zeitlosigkeit erfahren und anerkennen. Vollständig in der Gegenwart sein und reagieren können. Sich leicht und frei selbst ausdrücken können. Bei Bitterkeit, Groll, Unzugänglichkeit.

Meridiane: Gb
Chakren: 5, 1
Elemente: Holz

Death Camas

Zigadenus venenosus

Spirituelle Wiedergeburt. Bewusstsein der spirituellen Verbindung mit allem was lebt. Erleichtert Stress und Sorgen in Zeiten des Übergangs. Für Mut und Angstlosigkeit. Neuanfänge, Veränderung. Entspricht dem Turm im Tarot.

Meridiane: Lu, Ni
Chakren: 2, 4
Elemente: Metall, Wasser

Douglas Aster

Aster subspicatus

Endlose Ausdehnung und gleichzeitig zentriert bleiben. Die Erfahrungen des Lebens genießen. Vollständig und bewusst leben. Fördert Mut und Anpassungsfähigkeit. Bei Festhalten, Ego, Bindung.

Meridiane: Ni, GG
Chakren: 4
Elemente: Wasser

Easter Lily

Erythronium oregonum

Fördert den freien Selbstausdruck. Eliminiert gesellschaftliche Masken. Hilft dabei, die unterschiedlichen Aspekte unserer Persönlichkeit zu integrieren. Bei Doppelzüngigkeit, Unehrlichkeit, Illusion.

Meridiane: Ni, Bl
Chakren: 4, 6, 7
Elemente: Wasser

Fairy Bell

Disporum smithii

Düstere Gedanken leichtherzig loslassen. Erweitert die Bereitschaft, der inneren Führung zu folgen. Lindert Depression. Erleichtert die Schmerzen bei Heilkrisen. Unterstützt die gesunde Atmung. Bei Ungewissheit, Widerstand, Depression.

Meridiane: Lu
Chakren: 6
Elemente: Metall

Fireweed

Epilobium angustifolium

Den Überfluss an Liebe in uns und um uns herum erkennen. Löst Angst auf und schafft Raum für die Liebe. Fördert den Blutkreislauf. Bei Kälte, oder Kaltschnäuzigkeit. Bei Unfähigkeit zu fühlen, emotionalen Verletzungen.

Meridiane: He
Chakren: 4
Elemente: Feuer

Forsythia

Forsythia suspensa

Bringt Motivation, um alte, nutzlose Verhaltensmuster zu transformieren, z.B. Süchte, Gewohnheiten, Gedanken. Hilft dabei, Süchte zu überwinden. Bei selbstzerstörerischen Verhaltensweisen.

Meridiane: Gb
Chakren: 7
Elemente: Holz

Fuchsia

Fuchsia

Wieder-Erschaffung. Dysfunktionale Muster loslassen. Die Veränderung sein, die wir in der Welt sehen möchten. Hilft, sich dem zuzuwenden, was man wirklich will. Den inneren Rhythmen folgen. Bei Verzögerung, Faulheit, Unbeweglichkeit.

Meridiane: Ni, Bl
Chakren: 2
Elemente: Wasser

Goatsbeard

Aruncus sylvester

Verschafft den Zugang zur Fähigkeit, uns selbst in einem Zustand tiefer Entspannung zu visualisieren. Hilft bei der Verarbeitung von Erfahrungen. Stärkt das Immunsystem. Bei Anspannung, Starre, Festhalten.

Meridiane: Dü, MP
Chakren: 6
Elemente: Feuer, Erde

11

Grape Hyacinth

Muscari racemosum

Bei Schock, Verzweiflung und Stress aufgrund äußerer Umstände. Ermöglicht uns, einen Schritt zurückzutreten, während wir unsere inneren Ressourcen verfügbar machen, um die Situation zu meistern.

Meridiane: Ma, Lu
Chakren: 6
Elemente: Erde, Metall

Grass Widow

Sisyrinchium douglasii

Alte Glaubenssätze und begrenzende Muster loslassen. Hilft die zugrunde liegenden Glaubenssätze zu identifizieren, wenn wir nicht in Frieden mit uns sind. Mentales Tonikum. Bei Angst davor, von anderen verurteilt zu werden.

Meridiane: Ma, Di
Chakren: 4
Elemente: Erde, Metall

Harvest Lily

Brodiaea coronaris

Unterstützt Gruppenenergien. Fördert die Fähigkeit, den Standpunkt der anderen zu verstehen. Die Begrenzungen des Egos überwinden. Löst Anspannungen in zwischenmenschlichen Beziehungen. Für soziale Interaktion.

Meridiane: 3E, KS
Chakren: 3, 7
Elemente: Feuer

Hooker's Onion

Allium cernuum

Um sich leichtherzig und erfrischt zu fühlen. Fördert die Kreativität. Balanciert alle sieben Chakren und alle 12 Meridiane. Löst Geburtstraumen bei Mutter und Kind. Wenn man sich überwältigt, frustriert, festgefahren, dicht oder schwer fühlt.

Meridiane: alle
Chakren: alle
Elemente: alle

Indian Pipe

Monotropa uniflora

Versöhnung mit anderen und Frieden mit sich selbst schließen. Ehrfurcht vor allem Leben. Fördert Respekt vor sich selbst und anderen. Erkennen, was uns wertvoll und wichtig ist. Illusion, Trennung.

Meridiane: Lu, ZG
Chakren: 1
Elemente: Metall

Lily of the Valley

Convallaria majalis

Ermöglicht freie Entscheidungen, indem man die einfachste Verhaltensweise entdeckt. Hilft uns, Dinge „durch die Augen eines Kindes" zu sehen. Raffinesse, Kontrollfreak, Starrheit.

Meridiane: He
Chakren: 5
Elemente: Feuer

12

Narcissus

Narcissus pseudonarcissus

Um Konflikte zu identifizieren und zu lösen, indem man dem Problem bzw. der Angst auf den Grund geht. Von dort aus kann man Problemen entgegentreten, indem man herausfindet, was wesentlich und unterstützend ist.

Meridiane: Ma
Chakren: 1, 2
Elemente: Erde

Nootka Rose

Rosa nutkana

Die Liebe zum Leben ausdrücken. Lachen und Freude. Zentriert uns im Herzchakra. Löst Bitterkeit und Groll auf. Das Leben trotz Traumen und Verletzungen annehmen. Lustlosigkeit, Missbrauch, Verlassenheit.

Meridiane: alle
Chakren: alle
Elemente: alle

Orange Honeysuckle

Lonicera ciliosa

Erschafft friedliche Kreativität. Lenkt Energien in andere kreative Bahnen. Hilfreich in den Wechseljahren und in der Pubertät. Löst Blockaden in der Kreativität. Identität, verloren sein, Zorn.

Meridiane: 3E
Chakren: 2, 3
Elemente: Feuer

Ox-Eye Daisy

Chrysanthemum leucanthemum

Totale Perspektive. Um zentriert zu sein. Hilft dabei, aus einem Zustand zu großer Fokussierung herauszukommen, und das große Bild zu sehen. Wenn man den Wald vor lauter Bäumen nicht sehen kann.

Meridiane: KS, Ni
Chakren: 6
Elemente: Wasser

Pearly Everlasting

Anaphalis margaritacea

Verbindlichkeit und anhaltende Hingabe. Sich für die Geheimnisse des Lebens öffnen. Transformation durch Dienen. Die Verbindung zu anderen vertiefen. Für verbindliche Beziehungen und Perspektive. Bei Zorn.

Meridiane: Le, Gb
Chakren: 6, Nb
Elemente: Holz

Periwinkle

Vinca major

Gibt die Gelegenheit, die Verantwortung für die Depression zu übernehmen und sie dadurch zu vertreiben. Für eine klare Erinnerung. Bei Verwirrung, Vergesslichkeit, Verzweiflung, Depressionen.

Meridiane: He
Chakren: 2, 7
Elemente: Feuer

Pipsissewa

Chimaphila umbellata

Entscheidungen treffen können. Beseitigt Zwiespältigkeit. Hilft dabei, die Ängste und Sorgen in Bezug auf die Entscheidungen zu beseitigen, die wir treffen müssen, um im Leben vorwärts gehen zu können.

Meridiane: MP, Le, Ni
Chakren: 3, 5
Elemente: Erde, Holz, Wasser

Plantain

Plantago major

Löst mentale Blockaden und entfernt Negativität. Hilft dabei, Groll und Bitterkeit aufzulösen. Lässt uns nichtunterstützende Gedankenmuster erkennen, bringt sie ins Bewusstsein und löst sie auf. Bei „giftigen" Gedanken und Einstellungen.

Meridiane: Le, Gb
Chakren: 2, 7
Elemente: Holz

Poison Hemlock

Conium maculatum

Um loszulassen. Um durch Zeiten der Veränderung gehen zu können, ohne sich festzufahren. Löst emotionale, mentale und körperliche „Lähmungen" auf, die in Zeiten der Veränderung auftreten können.

Meridiane: Gb
Chakren: 7
Elemente: Holz

Polyanthus

Primula x polyanthus

Löst Blockaden in Bezug auf das Wohlstandsbewusstsein. Verwandelt Mangelbewusstsein in das Gefühl, es wert zu sein und die Bereitschaft, zu empfangen. Dankbarkeit für den Wohlstand, den wir bereits haben.

Meridiane: Di, Lu
Chakren: 1
Elemente: Metall

Poplar

Populus tremuloides

Um in Kontakt mit Spirit zu kommen. Um Heilenergie übertragen zu können. Um die Fähigkeit, Entscheidungen zu treffen, zu verbessern. Sich auf die Sanftheit der Natur einstimmen. Harmonisiert den Energiefluss im Körper.

Meridiane: 3E
Chakren: 5, Na
Elemente: Feuer

Purple Crocus

Crocus tommasinianus

Um Anspannungen zu lösen, die aus Trauer und Verlust entstanden sind. Hilft uns, uns mit unserer Fähigkeit zu verbinden, auf Schmerz und Trauer einzugehen und auf unsere eigene Weise damit umzugehen.

Meridiane: Lu
Chakren: 5
Elemente: Metall

Purple Magnolia

Magnolia x soulangeana

Bringt unsere Sexualität auf ihr volles Potenzial in Bezug auf Intimität und Nicht-Getrenntsein. Schärft alle unsere Sinne, besonders Geruchs- und Tastsinn. Beseitigt Voreingenommenheit.

Meridiane: KS
Chakren: 3, 7
Elemente: Feuer

Red Huckleberry

Vaccinium parvifolium

Um die Macht der Innenschau zu erleben. Sich selbst zugestehen, sich die Zeit zu nehmen, um sich aus der „irren Masse" zurückzuziehen und zu verdauen. Einstimmung auf die Zyklen der Natur – sowohl im Außen als auch in uns. Sein, nicht tun.

Meridiane: Gb, Ma
Chakras: 3
Elemente: Holz, Erde

Salal

Gaultheria shallon

Um unsere Fähigkeit zu erkennen, uns selbst und anderen vergeben zu können – auf eine Weise, die uns selbst, die anderen und den Fluss des Lebens ehrt. Löst mentalen und emotionalen Stress.

Meridiane: He, Dü
Chakren: 4
Elemente: Feuer

Salmonberry

Rubus spectabilis

Körperliches Tonikum. Ausrichtung der Wirbelsäule und strukturelles Gleichgewicht. Arbeitet mit Muskeln, Knochen und Bändern. Löst Gedanken oder Gefühle, die sich in körperlichen Fehlstellungen ausdrücken.

Meridiane: Bl
Chakren: 6
Elemente: Wasser

Silver Birch

Betula pendula

Verbessert die Fähigkeit, anzunehmen und zu empfangen. Mindert das Bedürfnis, kontrollieren zu wollen. Vertreibt Leiden und hilft dabei, Bescheidenheit zu entwickeln. Löst Machtkämpfe in Beziehungen und erschafft Konsens und Harmonie.

Meridiane: MP
Chakren: 4
Elemente: Erde

Snowberry

Symphoricarpus albus

Das Leben so annehmen, wie es in diesem Moment gerade ist. Nur wenn wir die Dunkelheit annehmen, können wir wieder ins Licht gehen. Wenn wir Widerstand leisten, wird die Dunkelheit nur stärker.

Meridiane: Ni, Bl
Chakren: 7, 4
Elemente: Wasser

Snowdrop

Galanthus nivalis

Um loszulassen, Spaß und eine gute Stimmung zu haben. Kombiniert Enthusiasmus, Inspiration und freudvolles Erforschen des Lebens. Löst Energieblockaden und Muster, wenn wir etwas festhalten.

Meridiane: Ni, Bl
Chakren: 1, 3, 7
Elemente: Wasser

Twin Flower

Linnaea borealis

Fördert das Bewusstsein, dass das Ganze viel größer ist, als wir in der Lage sind wahrzunehmen und zu verstehen. Hilft, wenn man alles be- und verurteilt. Für chronische Nörgler, die alles kritisieren. Fördert Mitgefühl.

Meridiane: Le, Gb
Chakren: 1, 4
Elemente: Holz

Vanilla Leaf

Achlys triphylla

Bekräftigt das Selbst und hilft, es anzunehmen. Erinnert uns daran, unsere Einzigartigkeit zu feiern. Überschwang, Freude und Annahme. Unterstützt dabei Selbsthass aufzulösen und fördert das Selbstwertgefühl. Wirkt positiv bei Hautproblemen.

Meridiane: Lu, Di
Chakren: 6, 7
Elemente: Metall

Viburnum

Viburnum carlesii

Stärkt die Verbindung mit dem Unbewussten und unseren übersinnlichen Fähigkeiten. Zugang zum hellsichtigen Potenzial des sechsten Chakras. Unterstützt die Ohren und die Fähigkeit, zu hören.

Meridiane: MP, 3E
Chakren: 6
Elemente: Erde, Feuer

Wallflower

Cheiranthus

Bei Hoffnungslosigkeit. Für Ausdauer und Bereitschaft. Um sich auf die eigenen inneren Rhythmen einzustellen. Löst die Spuren alter emotionaler Schmerzen, als wir uns wie das „hässliche Entlein" gefühlt haben.

Meridiane: Ma, MP
Chakren: 3
Elemente: Erde

Weigela

Weigela florida

Hilft, Erfahrungen auf körperlicher und emotionaler Ebene zu integrieren. Hilft, zu erkennen, was wir aus Erfahrungen lernen können. Ermöglicht uns, andere als unsere Lehrer zu sehen und als Spiegel, die uns unsere eigene Energiemuster reflektieren.

Meridiane: Le, Gb
Chakren: 5, 6
Elemente: Holz

Windflower

Anemone pulsatilla

Spirituelles Tonikum. Gibt Erdung und innere Sicherheit. Ermöglicht der Seele zu tanzen, so wie die Blume im Wind tanzt. Fördert Selbstakzeptanz und den Selbstausdruck. Wenn man zerstreut oder wie weggetreten ist.

Meridiane: Ma
Chakren: 4, 5
Elemente: Erde

Yellow Pond-Lily

Nuphar polysepala

Frei von Emotionen und Bindungen fließen können. Sich sicher und stark auf seinem Weg fühlen. Segnet Beziehungen. Gibt die Fähigkeit, Dinge in einem neuen Licht zu sehen und emotionale Muster loszulassen.

Meridiane: Bl
Chakren: 5
Elemente: Wasser

DIE MEERESESSENZEN

Pacific Essences war der erste Hersteller weltweit, der in den 80er Jahren damit begonnen hat, Essenzen nicht nur aus Blüten, sondern auch aus den Energien von Meereslebewesen herzustellen. Das Spektrum der zur Verfügung stehenden Essenzen wurde dadurch immens erweitert. Bei der Herstellung der verschiedenen Tieressenzen kommt kein Lebewesen zu Schaden, wird gefangen oder gar getötet. Wenn es nicht möglich (oder erlaubt) ist, das Lebewesen in eine Kristallschale mit Salzwasser zu geben, wird für die Herstellung der Mutteressenz Wasser aus der unmittelbaren Umgebung der Tiere verwendet, z.B. beim Seepferdchen, beim Wal und beim Delfin.

Anemone
Anthopleura elegantissima

Um sich selbst und andere zu akzeptieren, indem man die Verantwortung für die eigene Realität übernimmt. Zulassen, dass man vom Universum geführt wird. Bei Opferbewusstsein, Machtlosigkeit, Kontrollbedürfnis.

Meridiane: Le
Chakren: 3
Elemente: Holz

Barnacle
Balanus glandula

Um sich auf die weiblichen Aspekte des Selbst einzustimmen. Um radikales Vertrauen zu entwickeln. Verkörpert Weisheit, Nährung, Fruchtbarkeit und Überfluss. Unterstützt das weibliche Reproduktionssystem. Hilfreich während der Geburt.

Meridiane: Dü
Chakren: 4
Elemente: Feuer

Brown Kelp
Nereocystis luetkeana

Um die Wahrnehmung zu verändern, damit Klarheit entsteht. Hilft uns dabei, vertrauensvoll etwas zu wagen, damit wir wieder in unsere Mitte kommen. Bei Verwirrung und Fixierung. Hilfreich bei Rückenschmerzen.

Meridiane: Bl
Chakren: 1, 7
Elemente: Wasser

Chiton
Mopalia muscosa

Für Sanftheit, die dabei hilft, Blockaden und Anspannungen aufzubrechen und aufzulösen. Hilft, sich bei Stress nicht anzuspannen sondern sanft zu bleiben. Emotionaler Schutz. Hervorragend bei Schleudertrauma oder Nackenproblemen.

Meridiane: Le
Chakren: 5
Elemente: Holz

Coral

Pocillopora meandrina

Um in der Gemeinschaft zu leben. Respekt gegenüber sich und anderen. Ermöglicht, sehr alte Erinnerungen und verloren gegangene Verbindungen zur Erde nach oben zu holen. Bei Konflikten oder Angst.

Meridiane: Ni
Chakren: 3, 5
Elemente: Wasser

Diatoms

Amphipleura pellucida

Das Zellgedächtnis neu ordnen. Das Licht nach innen lassen. Wenn Zellen ihren Daseinszweck vergessen haben z.B. bei degenerativen Krankheiten oder Krebs. Erinnert die Zellen an ihren gesunden Daseinszweck. Wenn man das Gefühl hat festzustecken.

Meridiane: He
Chakren: 4
Elemente: Feuer

Dolphin

Stenella longirostris

„Alles was ist" wertschätzen können. Verspielt und leichtherzig. Kommunikation zwischen den Arten. Erweitert und transformiert das Herz und den Verstand. Bei übermäßiger Ernsthaftigkeit und Melancholie.

Meridiane: MP, He
Chakren: alle, bis auf 1
Elemente: Erde, Feuer

Hermit Crab

Pagurus granosimanus

Die Fähigkeit, das Alleinsein genießen zu können. Zufriedenheit und Sensibilität. Verringert Angst. Hilft uns durch die dunklen Nächte der Seele, wenn wir uns einsam fühlen. Bei Vermeidungsmustern.

Meridiane: Ma
Chakren: 5
Elemente: Erde

Jellyfish

Aurelia aurita

Um zu fließen und sich der Erfahrung hinzugeben. Unterstützt bei Geburt und Wiedergeburt. Verbindet uns mit den Rhythmen unseres Seins und verhindert starre emotionale und mentale Muster. Wenn man sich festgefahren oder starr fühlt.

Meridiane: He, KS
Chakren: 5
Elemente: Feuer

Moon Snail

Polinices lewisii

Um den Verstand zu reinigen und das Licht hereinzulassen. Sorgt dafür, dass körperliche Gifte ausgeschieden werden, die den Verstand vernebeln. Hilfreich bei Meditation und inneren Reisen.

Meridiane: 3E
Chakren: 2, MM
Elemente: Feuer

Mussel

Mytilus edulis

Um die Bürde des Zorns aufzulösen und dadurch aufrecht stehen zu können. Die Essenz der Wahl bei Opferbewusstsein. Transformiert den Zorn, damit das glänzende Wesen in uns strahlen kann.

Meridiane: Gb
Chakren: 2
Elemente: Holz

Pink Seaweed

Corallina vancouveriensis

Eine erdende Essenz. Für Geduld vor Neuanfängen. Um die Gedanken zu harmonisieren, bevor man handelt. Stärkt Knochen und Zähne und kann Verstopfungen auflösen. Hilft in Zeiten der Veränderung und bei Unflexibilität.

Meridiane: KS
Chakren: 2, 3
Elemente: Feuer

Rainbow Kelp

Iridaea cordata

Harmonisiert Vorder- und Hinterhirn, d.h. Reaktionsfähigkeit und Sensitivität. Alchemistische Transformation. Bringt goldene Lichtpartikel in die Dunkelheit. Unterstützend bei Depression und innerer Dunkelheit.

Meridiane: 3E
Chakren: Nb, 6
Elemente: Feuer

Sand Dollar

Dendraster excentricus

Um die Illusionen zu zerschmettern und wieder zu sich selbst zu kommen. Hilft uns dabei, uns der Wurzeln unserer Krankheit bewusst zu werden und die Energien zu transformieren. Unterstützt bei positivem Denken.

Meridiane: Lu
Chakren: 5
Elemente: Metall

Sea Horse

Hippocampus

Energetisiert die Wirbelsäule und das zentrale Nervensystem. Zugang zum „Wilden" in uns. Ermöglicht uns, unsere einzigartigen Talente und Fähigkeiten auszudrücken, egal welche Form wir uns in dieser Inkarnation ausgesucht haben.

Meridiane: Lu, GG
Chakren: 1, 2, MM
Clemente: Metall

Sea Lettuce

Ulva lactuca

Um unsere dunkle Seite zu erkennen, zu heilen und zu transformieren – all die kleinen Macken und Fehler, die wir gerne vor uns selbst verstecken. Um Giftstoffe zu zerstreuen und ausscheiden zu können.

Meridiane: Dü, Ma
Chakren: 3
Elemente: Feuer, Erde

Sea Palm

Postelsia palmaeformis

Gleicht grundlosen, selbst gemachten Stress aus. Für Menschen, die immer irgendetwas tun müssen. Wenn man zwanghaft beschäftigt oder kontrollierend ist. Unterstützt bei Verdauungsproblemen und Essstörungen.

Meridiane: Ma
Chakren: 4
Elemente: Erde

Sea Turtle

Chelonia mydas

Für Beharrlichkeit, Anmut und Verbindlichkeit. Hilft Menschen, die dazu neigen, ungeerdet oder sogar wie weggetreten zu sein, wieder mit den Füßen auf die Erde zu kommen. Bei Unbeholfenheit und Geschäftigkeit.

Meridiane: MP, KS
Chakren: 4
Elemente: Erde, Feuer

Sponge

Myxilla incrustans

Alles entfaltet sich in Perfektion. Nichts geschieht ohne meine Zustimmung. Hilft uns, das Reine vom Unreinen zu unterscheiden. Hilfreich, wenn man sich oft Fremdenergien einfängt und sie nicht transformieren kann.

Meridiane: Ma, Bl
Chakren: 7
Elemente: Erde, Wasser

Staghorn Algae

Lessoniopsis littoralis

In turbulenten Zeiten den Boden unter den Füßen behalten und wissen, wer wir sind. Zugang zum höheren Bewusstsein. Spirituelle Klarheit. Sanftheit überwindet mehr Hindernisse als Gewalt.

Meridiane: Gb
Chakren: 1
Elemente: Holz

Starfish

Pisaster ochraceus

Um bereitwillig das Alte aufzugeben, damit man die Erfahrung machen kann, leer zu sein. Ein Mittel bei Trauer. Um den einzigartigen Weg jeder Seele zu akzeptieren. Tiefe Verbindung zu denen, die wir lieben.

Meridiane: Di
Chakren: 7
Elemente: Metall

Surfgrass

Phyllospadix scouleri

Für Mut, Stärke und Kraft, die in Stabilität und Flexibilität wurzeln. Gegensätzlichkeiten integrieren, indem man das Paradoxon annimmt. Um Ziele zu erreichen. Balance und Harmonie in Körper, Geist, Seele und Emotionen.

Meridiane: Ni
Chakren: 4
Elemente: Wasser

Urchin

Strongylocentrotus purpuratus

Für Sicherheit und seelischen Schutz. Hilfreich, wenn man unbekannte Gebiete betritt. Zugang zu alten Erinnerungen. Bei Angst vor dem Unbekannten. Lindert Sorgen und zwanghaftes Nachdenken.

Meridiane: MP
Chakren: 3, 7
Elemente: Erde

Whale

Globicephala macrocephalus

Verbessert die Fähigkeit, durch Schwingung und Schall zu kommunizieren. Verbessert die auditive und kinästhetische Wahrnehmung. Verbessert die Fähigkeit, subtile Sinneseindrücke wahrnehmen zu können.

Meridiane: ZG, GG
Chakren: 6, 7, MM
Elemente: alle

DIE EDELSTEINESSENZEN

Die Mutteressenzen der Edelstein- und Kristallessenzen von Pacific Essences werden liebevoll zusammen mit der Energie des Mondes und der Sonne hergestellt. Edelsteine und Kristalle schwingen besonders mit den Chakren und den zugehörigen Drüsen im menschlichen Körper. Ihre Fähigkeit, mit unserem Energiesystem in Resonanz zu treten entstammt ihrer Farbe, ihrer chemischen Zusammensetzung und ihrer Kristallstruktur. Durch diese besondere Struktur sind Edelsteine dazu in der Lage, eine beständige, sich immer wiederholende Schwingung auszusenden. Der Körper antwortet darauf, indem er sich auf diese Schwingungen einstellt und ins Gleichgewicht kommt.

Amber

Bernstein

Erhellung von Herz und Verstand. Bringt das endokrine und das Verdauungssystem in Balance. Beeinflusst das mentale Wohlbefinden. Bei Problemen des Magens und des Atemsystems. Entfernt Blockaden, die den Fluss der Kundalini Energie behindern.

Chakren: 3
Meridiane: Ma
Elemente: Erde

Amethyst

Amethyst

Transformation der Energie und Schutz. Bringt Hypophyse und Epiphyse in Balance. Beruhigt den Verstand und hilft bei Angst und Schuldgefühlen. Gleicht emotionale Reaktion auf physischen Beschwerden aus.

Chakren: 7
Meridiane: Lu
Elemente: Metall

Apophyllite

Apophyllit

Reinigt die Resonanz von „altem Krempel", physisch oder mental. Reinigt den Körper nach Narkosen. Beseitigt die Wirkung von Strahlen, Blei und anderen Toxinen. Hilft dabei, nicht unterstützende Glaubenssätze und Gedankenmuster loszulassen.

Chakren: Nb
Meridiane: Ni
Elemente: Wasser

Aquamarine

Aquamarin

Friedlich, beruhigend und lindernd. Harmonisiert die Thymusdrüse. Reinigt das Physische und unterstützt gleichzeitig die Liebe, besonders die Liebe zu sich selbst. Stabilisiert Mental-, Emotional- sowie den physischen Körper.

Chakren: 5
Meridiane: KS
Elemente: Feuer

Aragonite

Aragonit

Fördert das Selbstvertrauen und die innere Sicherheit. Ermöglicht uns „zu sehen", wer wir wirklich sind, „auszudrücken", wer wir wirklich sind und uns dabei geerdet zu fühlen, wie wir wirklich sind.

Chakren: 4, 5, 6
Meridiane: Lu
Elemente: Metall

Aventurine

Aventurin

Hilft bei Meditation und Visualisierungen. Bringt sechstes und siebtes Chakra ins Gleichgewicht und richtet sie aus. Erschafft Balance im gesamten endokrinen System. Heilt Schmerzen aus der Kindheit. Lässt uns Alternativen sehen, wenn wir uns festgefahren haben.

Chakren: Hi, 7
Meridiane: He
Elemente: Feuer

Azurite

Azurit

Macht innere Haltungen sanfter. Bewusstheit des perfekten Kerns aller Dinge. Hilft dabei, bloße Wahrnehmung in wirkliches Sehen zu transformieren. Erleichtert Schmerzen und Steifheit bei Arthritis, etc.

Chakren: 6
Meridiane: Le, Ni
Elemente: Holz, Wasser

Bloodstone

Heliotrop, Blutstein

Ausrichtung der Energiezentren. Wirkt positiv auf das Blut und den Kreislauf. Stimulierende Wirkung. Fördert das Gleichgewicht zwischen dem Mentalen und dem Physischen, und führt dabei zu mentalem Frieden.

Chakren: 1
Meridiane: alle
Elemente: alle

Blue Lace Agate

Blauer Lace-Achat

Verbindet das sechste und siebte Chakra. Inspiration und Anmut. Hilft dabei, Depression und Verzweiflung aufzulösen und den mentalen und emotionalen Körper zu beruhigen. Hilft bei Halsschmerzen und beruhigt das Kehlzentrum.

Chakren: 5
Meridiane: Le
Elemente: Holz

Calcite

Calcit

Verringert Angst. Verbessert das Erinnerungsvermögen an Träume. Ermöglicht uns, uns bei der Erforschung der jenseitigen Sphären sicher zu fühlen. Hilft uns dabei, die Liebe Gottes in uns zu fühlen.

Chakren: 1
Meridiane: Ni
Elemente: Wasser

Carnelian

Karneol

Verbessert die Vitalität. Stimuliert die Leber, Verunreinigungen zu beseitigen. Besonders mit der Energie der Erde verbunden. Reinigt den Mentalkörper von Depressionen und nicht unterstützenden Gedanken.

Chakren: 3
Meridiane: Le, Ni
Elemente: Holz, Wasser

Celestite

Coelestin

Transportiert das Bewusstsein zu den himmlischen Ebenen. Verbessert die Wahrnehmung. Beruhigt auch überlastete Nebennieren. Hilft dabei, Angst loszulassen, besonders bei neuen Erfahrungen, und transformiert sie in freudige Aufregung.

Chakren: 6
Meridiane: MP
Elemente: Erde

Chrysocolla

Chrysokoll

Harmonie, Balance, Ganzheit, Integration. Vereinigt das dritte und vierte Chakra. Ermöglicht uns, uns sicher in unserem Selbstausdruck zu fühlen. Erleichtert Angst und Schuldgefühle.

Chakren: 4, 5
Meridiane: Ni
Elemente: Wasser

Citrine

Citrin

Klärt Gedankenmuster, um das zu manifestieren, was man will, indem man sich auf die erschaffende Kraft des Lichts einstimmt. Ermöglicht dem Verstand sich zu fokussieren. Unterstützt bei Verstopfung.

Chakren: 3
Meridiane: MP
Elemente: Erde

Coral

Koralle

Verbindet uns mit unseren Tiefen. Symbolisiert die Lebenskraft. Bringt die Lebenskraft in die Sexualorgane. Bringt die Emotionen zum Thema Sexualität ins Gleichgewicht. Löst auf körperlicher Ebene Steifheit auf und unterstützt eine vitale Skelettstruktur.

Chakren: 2
Meridiane: Ni
Elemente: Wasser

Crocoite

Krokoit

Sorgen loslassen. Um die Gedanken vor der emotionalen Reaktion wahrzunehmen. Mindert Sorgen und mentale Anspannung, sowie Kopfschmerzen, die in Verbindung mit Magenverstimmungen stehen.

Chakren: 3
Meridiane: Ma
Elemente: Erde

Emerald

Smaragd

Fördert Weisheit und Liebe. Wirkt physisch verjüngend und nährt die Zellen. Erdend. Hilft bei mentaler, physischer oder emotionaler Verausgabung. Hilft uns, uns aus unserem Herzen heraus mit anderen zu verbinden.

Chakren: 4
Meridiane: He
Elemente: Feuer

Fire Agate

Feuerachat

Transformation zu Harmonie und Liebe. Herztonikum. Sehr erdig. Wirkt besonders auf das Herz und die Sexualität. Ermöglicht uns, die Fülle unserer Sexualität zu erleben, die von der liebenden Energie des Herzens gemäßigt wird.

Chakren: 4
Meridiane: 3E
Elemente: Feuer

Fluorite

Fluorit

Transformation und Hingabe. Verbindet die Materie mit Spirit über das Kronenchakra. Beeinflusst die Elastizität von Muskeln und Gewebe und ermöglicht der Lebenskraft leichter zu fließen.

Chakren: 6
Meridiane: MP
Elemente: Erde

Fuchsite

Fuchsit

Erhöht die Emotionen vom Unbewussten ins Bewusste und weiter ins Übersinnliche und Intuitive. Verbessert die Prozesse der Intuition, so dass die klare Erinnerung gleichzeitig mit der emotionalen Antwort kommt.

Chakren: 4
Meridiane: Le, Gb
Elemente: Holz

Galena

Galenit

Empfänglichkeit und mikroskopische Intensität. Unterstützt bei der telepathischen Kommunikation. Klärt den Verstand gleichzeitig für den Empfang von Gedanken. Unterstützt bei Gedankenreisen. Hilft, auf unser größeres Potenzial zuzugehen.

Chakren: 6
Meridiane: Ma
Elemente: Erde

Green Garnet

Grüner Granat

Reinigungsessenz, besonders für den Verstand. Hilft dabei, nicht unterstützende Gedankenmuster zu eliminieren. Verbessert den Sauerstoffgehalt des Blutes und hilft dadurch, saubereres Blut in das Gehirn zu bringen.

Chakren: 6
Meridiane: Le
Elemente: Holz

Green Tourmaline

Grüner Turmalin

Eliminiert mentale und emotionale Vergiftungen. Löst die emotionalen und mentalen Gifte, die mit Angst und Zorn verbunden sind und ebenso die dazugehörigen physischen Imbalancen wie z.B. Gallensteine.

Chakren: 3
Meridiane: Ni, Bl, Le, Gb.
Elemente: Wasser, Holz

Hematite

Hämatit

Steigert den Fluss der Meridiane. Balanciert Yin und Yang. Erschafft ein Gleichgewicht zwischen dem physischen und dem ätherischen Nervensystem. Erdung, aber auch Verbesserung der mentalen Fähigkeiten. Transformiert Negativität.

Chakren: 3
Meridiane: MP
Elemente: Erde

Iolite

Cordierit, Iolith

Verbindet das Sehvermögen und die Kommunikation. Bringt Schilddrüse und Nebenschilddrüse in Balance und harmonisiert die Sprachzentren im Gehirn. Unsere Wahrheit in jeder Situation ausdrücken können.

Chakren: 2, 5
Meridiane: Ma
Elemente: Erde

Jade

Jade

Emotionale Erdung. Heilung tiefer emotionaler Wunden. Harmonisiert das Solar Plexus Chakra, den Ort an dem wir alte Wunden verwahren, und das Herzchakra, um Bitterkeit aufzulösen.

Chakren: 3, 4
Meridiane: Di, Gb
Elemente: Metall, Holz

Jasper

Jaspis

Körperliches Tonikum. Gleicht die Körperenergien aus. Wirkt positiv auf das Verdauungssystem. Wirkt eher langsam und sollte daher mindestens zwei Wochen jeweils vor den Mahlzeiten eingenommen werden.

Chakren: 3
Meridiane: Ma, MP, Le, Gb
Elemente: Erde, Holz

Kunzite

Kunzit

Stabilisiert reine Liebe und Freude im Herzen. Löst tiefe Verwundungen des Herzens auf und hilft, mit Themen wie Verlassenwerden, Trauer, Verlust, etc. umzugehen. Löst Angst auf und schafft Raum für Liebe.

Chakren: 4
Meridiane: He
Elemente: Feuer

Lapis Lazuli

Lapis Lazuli

Transzendenz des Ego. Unterstützt dabei, ein klarer Kanal zu werden und andere ohne Urteil zu sehen. Unterstützt bei der Meditation. Hilft bei der Erforschung und dem Akzeptieren unserer eigenen dunklen Seiten.

Chakren: 6
Meridiane: Ni
Elemente: Wasser

Larimar

Larimar

Um wie ein kleines Kind zu werden. Entzücken und Freude, Weisheit und Unschuld. Besonders hilfreich, wenn der Verstand scheinbar zu fokussiert ist. Belebt Humor und Perspektive wieder. Bringt uns zurück in den Moment.

Chakren: 4
Meridiane: KS
Elemente: Feuer

Lepidolite

Lepidolith

Integration der Gehirnhälften. Lindert Depressionen und ermöglicht, den größeren Kontext zu sehen. Wirkt über das Kronenchakra und hat einen unmittelbaren Einfluss auf die Gehirnchemie. Bringt die Hypophyse in Balance.

Chakren: 7
Meridiane: Ni
Elemente: Wasser

Malachite

Malachit

Reflektiert und spiegelt das, was im Inneren ist. Wirkt auf harte Ablagerungen in Organen, z.b. Gallen- oder Nierensteine. Hilft bei Zorn und Frustration, wenn die Führung durch friedvolles Verständnis fehlt.

Chakren: 3
Meridiane: Gb
Elemente: Holz

Moonstone

Mondstein

Fördert Vision und das Selbstgewahrsein. Hilft sowohl Männern als auch Frauen, in Kontakt zum weiblichen Prinzip in ihnen zu kommen. Unterstützt Frauen während des Menstruationszyklus.

Chakren: 6
Meridiane: MP
Elemente: Erde

Muscovite

Muskovit

Richtet das endokrine System und die Chakren aufeinander aus. Wirkt unmittelbar auf die Hypophyse (Hirnanhangdrüse) und geht direkt auch in die anderen Drüsen. Gutes Allgemeinmittel für alles, was Körperenergie und Körperchemie betrifft.

Chakren: 2
Meridiane: Ni
Elemente: Wasser

Obsidian

Obsidian

Erdend. Hilft spirituellen Qualitäten sich zu manifestieren. Absorbiert negative Energie, unterstützt beim Loslassen toxischer Energie und transformiert sie. Nützlich bei allen Arten von emotionaler Reinigungsarbeit.

Chakren: 3
Meridiane: Di
Elemente: Metall

Onyx

Onyx

Absorption und Transformation von Schwingung. Schützt, indem negative Energie absorbiert und in positive Frequenzen verwandelt wird. Hilft Heilern dabei, nicht von den negativen Ablösungen der Patienten beeinflusst zu werden.

Chakren: 1
Meridiane: Lu, Ni
Elemente: Metall, Wasser

Opal

Opal

Fördert das Gefühl des Einsseins zwischen Physis und Spirit. Verbessert das Gewahrsein. Löst Kalziumeinlagerungen im Körper (z.B. Gallensteine) auf. Löst die Energie auf, die hinter der Härte steht.

Chakren: Nb
Meridiane: MP, Ni
Elemente: Erde, Wasser

Pearl

Perle

Absorbiert und hält die Energie der Liebe. Reinheit, Schönheit und Mitgefühl. Stimuliert das Herzchakra und erinnert uns daran, wie geliebt, liebevoll und liebenswert wir sind. Gleicht die Emotionen aus.

Chakren: 4
Meridiane: He
Elemente: Feuer

Peridot

Peridot

Löst spirituelle Verunsicherung sowie Stress und Spannungen im Ätherkörper auf. Heilt alte Verletzungen, besonders aus früheren Leben. Klärt emotionale Blockaden. Erinnert uns daran, dass wir selbst Spirit in der Materie sind.

Chakren: 3
Meridiane: MP
Elemente: Erde

Quartz Crystal

Quarz

Verstärkt die Gedanken und Gefühle. Wirkt auf die Thymusdrüse um das Immunsystem auszubalancieren. Unterstützt beim Behalten von Informationen. Dekristallisiert Stauungen. Stärkt die Thymusdrüse

Chakren: 4
Meridiane: Dü
Elemente: Feuer

Red Garnet

Roter Granat

Erweckt großartige Liebe und Mitgefühl. Verbindet das erste und vierte Chakra. Hilft dabei, den Ausdruck der sexuellen Energie über den Herzmeridian zu regulieren. Verbessert den physischen Ausdruck der Sexualität.

Chakren: 1, 4
Meridiane: He, Ni
Elemente: Feuer, Wasser

Rhodochrosite

Rhodochrosit

Verbindung der Chakren über den Solar Plexus. Verbindet das Herz mit den Überlebens- und sexuellen Energien und integriert dabei Weisheit und Vision integriert, um unseren einzigartigen Selbstausdruck zuzulassen. Gleicht die Milz aus, stärkt die Nieren.

Chakren: 3
Meridiane: MP, Ni
Elemente: Erde, Wasser

Rhodonite

Rhodonit

Beeinflusst die Atmung und das Sprechen. Hilfreich bei allen Problemen der Atemwege, wie z.B. Asthma, Bronchitis, etc. Hilft denjenigen, die denken, dass sie emotional stärker sind, wenn sie ihren Atem anhalten.

Chakren: 5
Meridiane: Lu
Elemente: Metall

Rose Quartz

Rosenquarz

Selbsterfüllung und innerer Frieden. Lehrt die Kraft der Vergebung und ordnet das Herz neu, damit wir uns selbst lieben können. Löst Belastungen auf, die die Fähigkeit des Herzens, zu geben und zu empfangen, hemmen.

Chakren: 4
Meridiane: KS
Elemente: Feuer

Rubellite

Rubellit/Elbait

Um die Überschwänglichkeit und Freude des Lebens auszudrücken. Wirkt über das Herzchakra und sendet Lichtenergie vom Herzen durch den gesamten Körper/Geist. Führt zur Erfahrung von bedingungsloser Liebe gegenüber sich selbst und anderen.

Chakren: 4
Meridiane: He
Elemente: Feuer

Ruby

Rubin

Liebe und Mut um das eigene höchste Potenzial auszudrücken. Katalysator für Mitgefühl. Ein exzellentes Mittel, wenn man sich von den aktuellen Erfahrungen gerade etwas überwältigt fühlt.

Chakren: 4
Meridiane: Dü
Elemente: Feuer

Rutile

Rutilquarz

Um Angst und Sorgen zu lindern. Bringt gestörte Energiemuster zurück ins Gleichgewicht. Unterstützt die Nieren dabei, das Blut zu reinigen und balanciert die Hormone der Nebennieren.

Chakren: 2
Meridiane: Ni
Elemente: Wasser

Sapphire

Saphir

Erweckt Glauben und Hingabe. Öffnet uns für unsere spirituelle Natur. Hilfreich bei Sprachstörungen und Autismus. Unterstützt außerdem dabei, das volle Potenzial des Kehlchakras zu entfalten - nonverbale und telepathische Kommunikation.

Chakren: 5, Na
Meridiane: alle
Elemente: alle

Selenite

Selenit, klarer Gips

Um den Sinn für die innere Wahrheit zu fokussieren. Mit der Quelle der Gedanken in Kontakt kommen. Für Selbstausdruck und Einklang mit der inneren Führung. Verwandelt (unbewusste) Reaktionen in (bewusste) Antworten.

Chakren: 1
Meridiane: Ni
Elemente: Wasser

Serpentine

Serpentin

Stimuliert die übersinnlichen Fähigkeiten und löst Ängste auf, die in Verbindung mit der verbesserten Wahrnehmung stehen. Hilft bei der Verdauung. Stimuliert das Dritte Auge und verbessert die physische Sehkraft.

Chakren: 6
Meridiane: Le, Gb
Elemente: Holz

Silica

Kieselerde

Klärt mentale Verwirrung. Erlaubt den Gedanken, leichter gefasst und im Gewahrsein gehalten zu werden, so als ob man den Denkprozess unter ein Vergrößerungsglas legt. Hilfreich bei Gedächtnisschwäche, Alterserscheinungen, Alzheimer und Amnesie.

Chakren: 3
Meridiane: Ma
Elemente: Erde

Smoky Quartz

Rauchquarz

Bringt die Energie der Nebennieren in Balance. Reinigt vernebelte Gedankenformen. Hebt das Maß der Bewusstheit an. Transformiert Stresssituationen von der Wahrnehmung des Ego hin zur Vision des ganzen Seins.

Chakren: MM
Meridiane: Ni
Elemente: Wasser

Sugelite

Sugilith

Tritt mit dem Mentalkörper in Resonanz, damit wir erkennen, wodurch unser körperliches Problem entsteht. Transformiert Wahrnehmungen, die in Angst wurzeln in solche, die in Liebe wurzeln.

Chakren: 6
Meridiane: Ni
Elemente: Wasser

Sulphur

Schwefel

Erweicht Härte und erhöht die Flexibilität, sowohl physisch als auch mental. Wirkt Zuständen entgegen, bei denen man an alten Glaubenssätzen festhält, die nicht länger dienlich sind. Sich des Potenzials, das jedem Moment innewohnt, bewusster sein.

Chakren: 3
Meridiane: Ni
Elemente: Wasser

Tiger's Eye

Tigerauge

In der Einheit die Diversität sehen und akzeptieren, um dadurch das Richtige zu tun. Verringert Imbalancen im Erdelement und Sorgen und Ängste, die von Störungen in diesem Element erzeugt werden.

Chakren: 3
Meridiane: Ma, MP
Elemente: Erde

Topaz

Topas

Licht, Freude, Liebe. Betont die christlichen Qualitäten. Schafft Zugang zum „Christusbewusstsein" in uns. Aktiviert bedingungslose Liebe und friedliches Akzeptieren dessen, was ist. Spirituelles Tonikum,

Chakren: 7
Meridiane: Ni
Elemente: Wasser

Tourmaline

Turmalin

Bringt Chakren und Meridiane ins Gleichgewicht. Verbindung zwischen den spirituellen und physischen Energien. Mit den höheren Frequenzen der Lichtenergie im Körper umgehen können. Energie, Enthusiasmus, Freude und Mitgefühl.

Chakren: alle
Meridiane: alle
Elemente: alle

Turquoise

Türkis

Stärke, Balance, Vitalität. Wirkt sehr ausgleichend auf das Kehlchakra und vergrößert das Kommunikationspotenzial in diesem Zentrum. Kann zu große sexuelle Leidenschaft mäßigen. Wirkt schmerzlindernd.

Chakren: 2
Meridiane: Ni
Elemente: Wasser

Unakite

Unakit

Richtiges Denken führt zur richtigen Tat. Verbessert die Fähigkeit, mit dem in Kontakt zu kommen, was in Einklang mit dem Individuum steht und den Mut zu haben, die hilfreichsten Gedankenmuster zu wählen. Freiheit, uns selbst auszudrücken.

Chakren: 7
Meridiane: Ni
Elemente: Wasser

Wavellite

Wavellit

Fördert die Bereitschaft, den Widerstand aufzugeben und sich auf den Fluss des Lebens einzustimmen. Erstklassiges spirituelles Tonikum. Räumt unseren Kopf aus dem Weg, damit wir einfach nur „sein" können. Sanfter Katalysator für unsere Bereitwilligkeit.

Chakren: 6
Meridiane: Ni
Elemente: Wasser

DIE BAUMESSENZEN

Bäume sind für das Überleben des Menschen auf der Erde unerlässlich. Manche sagen, dass ihre wichtigste Funktion darin besteht, das Kohlendioxid aufzunehmen. Andere sagen, dass es eher ihre Fähigkeit ist, Sauerstoff zu produzieren, obwohl das Phytoplankton in den Ozeanen zwar auch Sauerstoff produzieren, jedoch kein Kohlendioxid aufnehmen kann. Bäume sind aber auch großartige Transformatoren für Giftstoffe und versorgen Millionen von Lebewesen.

Das Pacific Essences Set von Baumessenzen enthält eine Essenz für jeden der 12 Hauptmeridiane der Traditionellen Chinesischen Medizin. In der TCM bilden Bäume das Element Holz, in dem die sich entfaltende Reise jeder menschlichen Inkarnation angesiedelt ist. Bäume sind in der Erde verwurzelt und streben nach dem Licht des Himmels. Man könnte es auch so sehen, dass sie aus dem Himmel kommen und sich in der Erde verwurzelt haben. Egal jedoch, wie man es betrachtet: Bäume sind die Verbindung von Himmel und Erde und unterstützen uns dabei, auf unserem Lebensweg den Himmel auf Erden zu erschaffen und die Energie des Himmels auf die Erde zu bringen.

Alder

Erle, Alnus ruba

Die Essenz hilft dabei, den Körper zu nähren indem sie ihm hilft zu wissen, was er verwenden und was er verwerfen soll. Hilft dem Körper auf energetischer Ebene, die Folgen von Blutungen zu reparieren. Kultiviert Sanftheit und das sanfte Wissen darum, was zu tun ist und wie man am besten reagiert.

Chakren: 1
Meridiane: Dü
Elemente: Feuer

Cherry

Kirsche, Prunus serulata

Eine Explosion der Sinnlichkeit; die Fähigkeit, sich klar auszudrücken ohne alles in Worte fassen zu müssen - wie zwischen Liebenden, wo schon ein kleiner Blick ausreicht um auszudrücken, was man fühlt; eine schwer zu beschreibende, feinstoffliche Energie, die vom Herzen aus in jedes einzelne Bewusstsein ausströmt.

Chakren: 6
Meridiane: KS
Elemente: Feuer

Copper Beech

Rotbuche, Fagus sylvatica

Schillerndes, sich veränderndes Licht, das kommuniziert; Lachen; alchimistische Veränderungen auf Zellebene; gütig, genügsam und nachsichtig; diese Energie ist einfach nur da und verbindet das Ganze.

Chakren: MM
Meridiane: 3E
Elemente: Feuer

Elderberry

Holunder, Sambucus niger

Reinigend und nährend; ein Fest des Inkarniertseins; Mobilität und Geschicklichkeit; ein Gleichgewicht zwischen Aktivität und Ruhe für optimales Wohlbefinden; unterstützt dabei, entspannt erweiterte Bewusstseinszustände zu erfahren.

Chakren: MM
Meridiane: Ni
Elemente: Wasser

Garry Oak

Eiche, Quercus garryana

Hoffnung in die Zukunft; Ressourcen weise und effizient einsetzen; Toleranz und Akzeptanz körperlicher oder kultureller Unterschiede oder Anomalien; das „Gesetz des Zulassens" annehmen und verkörpern.

Chakren: 2
Meridiane: Bl
Element: Wasser

Hawthorn

Weißdorn, Crataegus

Sich selbst kennen und die Fähigkeit, seinen Daseinszweck zu kennen und zu verfolgen - den eigenen, einzigartigen Daseinszweck; die Fähigkeit Grenzen zu erschaffen und zu setzen, um alles, was nicht in Einklang mit unserem Seelenweg ist, draußen zu halten, damit wir keine Energie darauf verschwenden, falsche Fährten zu verfolgen.

Chakren: 7
Meridiane: Gb
Elemente: Holz

Hemlock

Hemlocktanne, Tsuga heterophylla

Defensivität und die Bereitschaft, sich zu öffnen, sobald es möglich ist; Echte Kraft und Macht statt Gewalt; die Fähigkeit, die eigene Instinkte wahrzunehmen und zu nutzen.

Chakren: 7
Meridiane: Lu
Elemente: Metall

Maple

Ahorn, Acer macrophyllum

Vertrauen, Schönheit, Eigenständigkeit, Kraft, Ausdauer; überschwänglicher Ausdruck unseres Potenzials.

Chakren: Mi
Meridiane: Le
Elemente: Holz

Pacific Yew

Eibe, Taxus brevifolia

Stärkt die angeborene Intelligenz auf Zellebene und optimiert unsere Verteidigung gegen Eindringlinge; energetisches Tonikum für das Körper-Geist-System; sich aus lebensbedrohlichen Situationen selbst befreien und erholen können.

Chakren: 3
Meridiane: Ma
Elemente: Erde

Satomi Dogwood

Hartriegel, Cornus kousa

Hilft, dass wir uns um unser Herz kümmern können, damit unser Herz für uns sorgt; kultiviert die angeborene Herzintelligenz, die den Verstand heilen kann; hilft uns dabei, der friedvolle Krieger zu werden, der in der Lage ist, toxische und wechselhafte Emotionen und Urteile zu eliminieren.

Chakren: 5
Meridian: He
Elemente: Feuer

Sitka Spruce

Fichte, Picea sitchensis

Schillernder, leuchtender Schutzschild; Erweiterung von Kopf und Herz; Verbindung zu unseren Vorfahren und ihrer Weisheit; Respekt für Alles-was-ist.

Chakren: 6
Meridiane: Di
Elemente: Metall

Syringa

Jasmin, Philadelphus Lewisii

Lieblich, frisch, verjüngend; Träume, Schlaf und Vorstellungskraft; sanfte Führung und prompte Hilfe durch unsere Fähigkeit, unsere Intuition zu nutzen.

Chakren: 4
Meridiane: MP
Elemente: Erde

DIE GÖTTINNENESSENZEN

Die Göttinnenessenzen sind Mischungen aus verschiedenen Edelsteinessenzen, eine von Ihnen ist eine Mischung aus Orchideenessenzen. Die ersten neun Göttinnenessenzen wurden in der Silvesternacht 1990 mit der Energie des Blauen Mondes hergestellt. Jede dieser Essenzen besitzt entweder die Qualitäten des assoziierten Göttinnen-Archetyps oder unterstützt bei der Bewältigung der von ihnen gestellten Herausforderungen. Im Mai 2003 wurden wir angeleitet, eine Essenz für Lakshmi, die hinduistische Göttin der Fülle herzustellen.

Die Essenzen können sowohl von Männern als auch von Frauen eingenommen werden. Sie helfen den Frauen, die Energie der jeweiligen Göttin anzunehmen, wenn sie durch verschiedene archetypische Lebensstadien gehen. Männer können mit ihrer Hilfe die innere Göttinnenenergie in sich entdecken und fühlen. Die Wirkung der Essenzen zielt auf ein besseres Verständnis und eine bessere Kommunikation der Geschlechter untereinander. Sie bringen die Menschen wieder zusammen. Zudem helfen Sie, die inneren göttlichen Anteile in sich selbst wie in anderen zu bemerken und anzuerkennen.

Demeter

Griechische Göttin des Ackerbaus

Themen: Veränderung und Transformation; Lebenszyklen und Übergänge; Selbstbestrafung und Schuld beim Anblick von Elend und/oder emotionalem Schmerz.

Qualitäten: Gelassenheit; die Fähigkeit, andere bei Entscheidungen und auf dem Lebensweg liebevoll zu unterstützen (besonders Kinder).

Demeter unterstützt bei Themen der Kreativität, Produktivität und Fruchtbarkeit. Sie hilft bei der Abnabelung nach der Geburt und anderen Trennungen, die im Laufe des Lebens zwischen Eltern und Kindern vorkommen.

Isis

Ägyptische Göttin der Liebe und Hingabe

Themen: Trennung, Trauer, Verlust, Beziehungsthemen.

Qualitäten: Hingabe, Verbindung, Spiritualität in unseren Beziehungen integrieren.

Die Essenz kann benutzt werden, um eine Zwillingsseele anzuziehen. Für Selbsttransformation durch Kummer über den Verlust eines Seelenpartners.

Kali

Hinduistische Göttin der Zerstörung und Erneuerung

Themen: Zorn. Angst davor Emotionen auszudrücken. Unterdrückte Energien. Süchte.

Qualitäten: Die Fähigkeit, mit dem Fluss der Lebensenergie zu tanzen. Leidenschaft. Anmut.

Wenn wir uns von der Angst vor dem Tod lösen wollen, dann wird Kali uns dabei unterstützen.

Lakshmi

Hinduistische Göttin des Glücks und der Schönheit

Themen: Zielstrebige Absicht in Verbindung mit der Ökonomie der Handlung. Großzügigkeit, Guter Wille und der Wille Gutes zu tun.

Qualitäten: Reinheit und spirituelle Kraft.

Für spirituelle Perfektion, Autorität und dafür, dass wir uns „erinnern, wer wir sind".

Kuan Yin

Buddhistische Bodhisattva des Mitgefühls

Themen: Verletzungen durch die Männer in unserem Leben loslassen, Vaterthemen, Gewaltlosigkeit.

Qualitäten: Mitgefühl, Barmherzigkeit, Vergebung, Urteilslosigkeit.

Die Essenz unterstützt dabei, die Qualitäten des Mitgefühls und der Gnade zu entwickeln. Sie nährt uns, wenn unsere Last zu schwer geworden ist.

Maya

Hinduistische Weltenmutter und Schöpferin des Universums

Themen: Im Melodrama gefangen sein.

Qualitäten: Klar sehen. Erhöhtes Gewahrsein. Sich selbst kennen.

Wenn wir das Geplapper in unserem Kopf und die weltlichen Dramen beenden und uns daran erinnern wollen wer wir sind, wird uns Maya dabei unterstützen.

Persephone

Griechische Göttin der Unterwelt und der Fruchtbarkeit

Themen: Initiation; Verlassen sein; Schrecken; Mutterthemen; sich nicht unterstützt fühlen.

Qualitäten: Die Fähigkeit, das Unbekannte anzuzapfen; Weisheit.

Diese Essenz erleichtert den Zugang zu Weisheit und Unbewusstem. Sie hilft bei der Heilung des inneren Kindes.

Shakti

Im Hinduismus die weibliche Urkraft des Universums

Themen: Angst vor sexueller Energie. Überleben. Macht- und Kontrollthemen.

Qualitäten: Instinkte wahrnehmen und ihnen vertrauen. Leben voller Entzücken.

Wenn wir diese reine Kraft des Weiblichen in unserem Leben erwecken wollen, kann uns die Verbindung zu Shakti dabei unterstützen.

Radha

Hinduistische ewige Gefährtin und Geliebte Krishnas

Themen: Begrenzungen und begrenztes Denken; angemessenes Verhalten.

Qualitäten: Die richtigen Handlungen für sich selbst erkennen. Im Moment leben. Überfluss und Reichtum. Sinnlichkeit und bedingungslose Liebe.

Sita

Im Hinduismus der Inbegriff der treuen und moralisch untadeligen Ehefrau

Themen: Vertrauen. Die Herausforderungen des Lebens akzeptieren. Ruhe bei spirituellen Prüfungen und die Fähigkeit, nicht am gewünschten Ergebnis festzuhalten.

Qualitäten: Sanftheit, Vertrauen, Akzeptanz, verfügbar, zulassend, unausweichliche Hingabe.

43

DIE MISCHUNGEN

Wenn man eine Reihe von Essenzen in einer Mischung vereint, wird das Ganze größer als die Summe der Einzelteile. Und deswegen bezeichnen wir unsere Essenzenkombinationen als synergetische Mischungen. Wir haben festgestellt, dass diese einzelnen Essenzen, wenn man sie kombiniert, eine größere Wirkung haben als wenn man sie einzeln nimmt.

A New World of Hope

Eine neue Welt der Hoffnung

Dies ist eine Mischung aus der Essenz der Kirschblüten aus dem japanischen Garten in Victoria und der Mother Tree Essenz. Während die Kirsche den vollen Ausdruck und die Freude am physischen Sein fördert und unterstützt, zeigt Mother Tree die Fülle des Lebens der eigenen Bestimmung. Bei Isolation, Alleinsein, Unausgeglichenheit auf körperlicher, emotionaler und geistiger Ebene.

Abundance

Wohlstand und Fülle

Mindert Selbstzweifel, steigert das Selbstwertgefühl und fördert die Bereitschaft, zu empfangen und am Fluss des Lebens teilzuhaben. Essenz der Transformation des Bewusstseins. Wenn wir die Abundance Essenz verwenden, finden wir unseren angemessenen Platz im Feld der unendlichen Möglichkeiten und ko-kreieren bewusst die Erfahrungen unseres Lebens.

Abundance Stabilizer

Wohlstand und Fülle stabilisieren

Abundance Stabilizer ist die Ergänzung zur Abundance Mischung und ergänzt und stabilisiert deren Wirkung. Diese Mischung hilft uns dabei, den Wohlstand, der sich bereits in unserem Leben befindet, wertzuschätzen und nährt das Selbstbewusstsein sowie die Fähigkeit, unseren eigenen Entscheidungen zu vertrauen. Sie fördert Dankbarkeit und grundsätzliches Vertrauen.

Balancer

Notfallmischung

Wenn wir die Balancer Essenz anwenden, erhalten wir die Harmonie in Körper, Geist und Seele. Wir können jeder Person und jedem Moment im Bewusstsein des Hier und Jetzt begegnen. Wirkt antiseptisch, krampflösend und schmerzlindernd. Hellt die Stimmung auf und ist wohltuend für den Verdauungtrakt, das Atem- und das Nervensystem.

Being Peace

Frieden sein

Being Peace dient dazu, ein Energiefeld des Friedens in uns zu erschaffen, damit wir auch in der Welt um uns herum Frieden erfahren können. Immer mehr Menschen verstehen, dass wahrer Frieden mit mir selbst beginnt und nicht damit, dass wir „die da draußen" verändern. Und mit diesem wachsenden Verständnis wird auch die Hoffnung auf Frieden in der Welt immer größer.

Being True Worth

Den eigenen Wert leben

Being True Worth hilft uns zu erkennen, wer wir wirklich sind. Die Essenz gibt uns die Freiheit, im täglichen Leben und in Beziehungen auszudrücken, wer wir sind. Sie lässt uns die Programmierungen und Gehirnwäschen unserer Kultur überwinden. Sie hilft uns dabei, unsere eigenen Stärken und Schwächen und die der anderen zu erkennen und anzunehmen.

Cellular Memory

Zellgedächtnis

Cellular Memory unterstützt und verbessert die angeborene Fähigkeit jeder Zelle, in Gleichgewicht und Harmonie zu sein um zu überleben und zum Überleben des Ganzen beizutragen. Die Mischung erinnert jede Zelle an ihren Daseinszweck und ihren einzigartigen Beitrag zum Ganzen. Sie aktiviert und belebt unsere eigene DNA Schablone.

Detox

Entgiftung

Detox bietet uns einen sanften Weg, um alte Energien zu beseitigen, die die Zellen in unserem Körper daran hindern optimal zu funktionieren. Sie ist besonders hilfreich für Menschen, die nicht in der Lage sind, pflanzliche Entgiftungsprogramme durchzuführen, oder, um diese energetisch zu unterstützen.

Essence of Success

Erfolg

Katalysator für ein inspiriertes Leben. Die Essenz ermächtigt jeden von uns, das zu feiern, was wir bereits tun, so dass wir noch mehr davon in unsere Erfahrung auf der Erde anziehen können. Wenn wir unsere Errungenschaften und Erfolge feiern, wenn wir in unserer Arbeit, unseren Beziehungen und einfach in unserem täglichen Leben Erfüllung finden, ziehen wir wie ein Magnet immer mehr erfüllende Energien in unsere Erfahrung auf der Erde.

Fearlessness

Angstlosigkeit

Fearlessness stärkt die Fähigkeit, ins Herzzentrum und die Liebe zu gehen. Die Mischung fördert die Fähigkeit die Zeit anzuhalten, Veränderungen zu bewirken und Energie aus dem Herzen auszusenden statt Adrenalin und Schwingungen der Angst. Was nicht Liebe ist, ist Angst. Gegenwart, Präsenz, JETZT.

Forgiving

Vergeben

Forgiving gibt uns die Freiheit, uns von allen alten und schmerzhaften Dingen zu trennen, indem wir alle Schuld und Scham loslassen, die wir uns selbst oder anderen zuweisen. Die Mischung stellt unser Gefühl für die Selbstermächtigung und die eigene Führung wieder her. Für „Kontrollfreaks" ist sie die ultimative und gesündeste Form der Kontrolle.

Heart Spirit

Die Essenz des Herzens

Diese Essenz löst und heilt alte Schmerzen und Verletzungen im Herz und ermutigt uns, das Wesen unseres Herzens wirklich anzunehmen. Ihr Haupteffekt ist es, die Schwingungsfrequenz des Herzzentrums größtmöglich zu erhöhen. Sie fördert den Selbstwert und ermöglicht einen sanften, leichten und mitfühlenden Umgang mit anderen.

Infinite Potential

Unendliches Potenzial

Das Geschenk, in der Stille zu leben, besteht darin, dass wir in jedem Augenblick besser in der Lage sind, die Möglichkeit zu erkennen, Entscheidungen zu treffen. Und wenn wir diese tiefe Stille in unsere Entscheidungen einfließen lassen, geschehen Wunder. Jeder Moment enthält den Samen der Möglichkeit, was sich als nächstes auf unserer Lebensreise entfalten könnte.

Kids' Stuff

„Kinderkram"

Kids' Stuff ist das Universaltonikum für Kinder und hilft bei allen Ängsten (eingebildeten und realen) sowie Dramen und Traumen der Kindheit. Die Mischung unterstützt uns in dem Moment wenn wir denken, dass „die Welt zusammenbricht" oder „es alles unser Fehler ist" oder wenn sich Mama und Papa streiten ... oder wenn irgendetwas anderes Schlimmes passiert.

New Attitudes

Neue Wege und Einstellungen

Die Intention hinter dieser Mischung ist es, Menschen mit lange andauernden Mustern zu helfen, wie z.B. Denkmuster, Übergewicht, Süchte und andere Gewohnheiten, die für uns nicht länger unterstützend sind. Sie hilft uns die alten, nutzlosen Muster zu erkennen und gibt uns die Kraft und das Durchhaltevermögen, um sie zu ändern.

Optimal Immunity

Optimale Abwehrkraft

Diese Essenz gibt uns Stärke und Schutz für Körper, Geist und Seele und zwar auf allen Ebenen: körperlich, emotional, mental und spirituell. Zusätzlich löst sie alte, nicht mehr unterstützende mentale Muster auf.

47

Optimal Learning

Optimales Lernen

Optimal Learning hilft uns, einfach Informationen aufzunehmen und diese zu verstehen. Die Mischung fördert die Fähigkeit des Gehirns, ganzheitlich zu funktionieren und das eigene Potenzial besser auszunutzen. Aus praktischer Sicht unterstützt sie bei Lernschwächen wie Legasthenie und ADS und im größeren Zusammenhang kann sie denen von uns helfen, die immer und immer wieder dieselben Fehler begehen.

Radiant Beauty

Strahlende Schönheit

Radiant Beauty schaltet das Licht unserer inneren Schönheit an und erleuchtet Körper und Geist, so dass wir allen, die uns wahrnehmen, schön erscheinen, welche Form, Größe und sonstige körperlichen Attribute wir uns für dieses Leben auch immer ausgesucht haben. Daher werden wir uns selbst akzeptieren und uns anerkennen als diejenigen, die wir wirklich sind.

Shielding

Schutzschild

Diese Essenzenmischung ist ganz spezifisch als Reaktion auf die Angst vor radioaktiver Strahlung entstanden, die sich aufgrund des Erdbebens und des Tsunamis in Japan verbreitet hat. Unsere japanischen Kunden haben uns danach gefragt, welche Essenzen ihnen in dieser Krise helfen könnten und nachdem wir verstanden hatten, dass es in unserem Spektrum eine ganze Reihe von Essenzen gibt, die unterstützend bei radioaktiver Verstrahlung wirken, baten sie uns, eine Mischung speziell für diese riesige Herausforderung herzustellen.

Super Vitality

Super Lebenskraft

Super Vitality dient zur Verjüngung und Revitalisierung von Körper, Geist und Seele. Die Mischung verbessert die Ausdauer und unterstützt bei Spitzenleistungen ... großartig für Sportler oder jeden, dessen natürliche Lebenskraft des Sexualchakras sich verringert. Sie ist auch geeignet für alle, die die Auswirkungen des Alterns spüren.

Twelve Gems

Zwölf Edelsteine

Geschärfte Wahrnehmung und Schwingungserhöhung; Dinge loslassen können, die uns bisher davon abgehalten haben, sich in unserer aktuellen Lebenssituation wohlzufühlen; innere und äußere Führung bei der Erfüllung des Lebensplans; alte Muster und Erinnerungen auflösen, die uns daran hindern, unserem Lebensplan zu folgen; regt das Traumgeschehen an, um die blockierten Energien zu sehen, die uns davon abhalten unsere Probleme und Herausforderungen zu lösen; harmonisierende Wirkung auf das Herzchakra und den gesamten oberen Brustkorb; in herausfordernden Situationen die bestmögliche Handlungsoption erkennen und wählen können.

DIE ELEMENTE-ESSENZEN

Unsere Essenzen sind durch meine Ausbildung und Tätigkeit als Akupunkteurin sehr eng mit der Traditionellen Chinesischen Medizin verknüpft. Ein Grundpfeiler der TCM ist die Lehre der Fünf Elemente, die alle ihre eigenen Qualitäten und Assoziationen haben. Wenn eines der Elemente nicht im Gleichgewicht ist, kann es sowohl zu viel als auch zu wenig Energie haben. Die Elementeessenzen sind entstanden, um auf einfache Art und Weise für einen Ausgleich im jeweiligen Element zu sorgen.

Feuer

Das Feuerelement steht für Liebe, Reinheit, Schutz und Kommunikation. Weitere zugeordnete Assoziationen sind Freude, Lachen, Inspiration und Ausdruck. Der Archetyp des Feuerelements ist der Kommunikator oder der Zauberer.

Auf physischer Ebene sind der Blutkreislauf, die Körpertemperatur und Körpergifte dem Element zugeordnet. Im emotionalen Bereich die Gefühle Enthusiasmus, Leidenschaft und Spontaneität. Mentale Eigenschaften des Feuerelements sind Gelassenheit und Gegenwart und auf spiritueller Ebene steht es für das Bewusstsein.

Checkliste für die Feueressenz

Wenn Sie eine oder mehrere dieser Aussagen für sich bejahen können, dann könnte diese Essenz unterstützend für Sie sein:

- Mir fehlt es an Enthusiasmus und Leidenschaft in meinem Leben.
- Mir fällt es schwer, zu erkennen, was mich unterstützt.
- Es scheint, als ob ich immer die falschen Entscheidungen treffe und mein Leben damit sprichwörtlich „vergifte".
- In Stresssituationen bin ich schnell gereizt und reagiere über.
- Andere nehmen mich als heißblütig und ungeduldig wahr.

49

Erde

Das Erdelement steht für Zufriedenheit und Sicherheit. Weitere zugeordnete Assoziationen sind Sorgen, Versonnenheit, Singen, Intellekt und Bedürfnisse. Der Archetyp des Erdelements ist der Friedensstifter, der Mediator.

Auf physischer Ebene gehören Verdauung und Immunsystem zum Erdelement sowie die Emotionen Sympathie aber auch Hypersensitivität. Im mentalen Bereich steht das Element für Sorgen und zu viel Denken und in spiritueller Hinsicht geht es um die Verkörperung, das „im Körper sein".

Checkliste für die Erdessenz

Wenn Sie eine oder mehrere dieser Aussagen für sich bejahen können, dann könnte diese Essenz unterstützend für Sie sein:

- Ich neige dazu, zuviel nachzudenken und mich zu sorgen.
- Es ist für mich schwierig, Erfahrungen zu verdauen.
- Wenn ich mit Stress umgehen muss, verliere ich meine Erdung.
- Ich neige dazu zu sehr mit den Themen und Schmerzen anderer Leute mitzufühlen.
- Andere sehen mich als Mutter der Erde.

Metall

Das Metallelement steht für Annehmen und Loslassen, jedoch auch für Trauer. Weitere Assoziationen sind Weinen, vitales Qi und allgemein Werte. Die Archetypen des Metallelements sind der Künstler und der Alchemist.

Die dem Element zugeordneten Körperfunktionen sind Atmung und Ausscheidung, sowie auf emotionaler Ebene Trauer. Der zugehörige mentale Zustand ist die Melancholie und in spiritueller Hinsicht steht das Metallelement für den spirituellen Instinkt.

Checkliste für die Metallessenz

Wenn Sie eine oder mehrere dieser Aussagen für sich bejahen können, dann könnte diese Essenz unterstützend für Sie sein:

- Ich neige gegenüber mir selbst und anderen dazu, starr und nachtragend zu sein.
- Ich weiß was richtig ist und handle entsprechend. Von anderen erwarte ich dasselbe.
- Ich habe in meinem Leben schon viele Verluste erlebt und bin oft traurig.
- Es fällt mir schwer zu entscheiden, ob meine Vorstellungen und Werte mich unterstützen.
- Andere nehmen mich als starr und unflexibel wahr.

Wasser

Das Wasserelement steht für Glaube und Vertrauen, aber auch für Angst. Weitere zugeordnete Assoziationen sind Stöhnen, Wille und Ausrichtung. Die Archetypen des Wasserelements sind der Weise und der Philosoph.

Die zugeordneten Körperfunktionen sind Wasserhaushalt und Reinigung und auf emotionaler Ebene Angst und Sorgen. Im mentalen Bereich steht das Element für Schüchternheit und Ängstlichkeit und in spiritueller Hinsicht für die Essenz des Lebens.

Checkliste für die Wasseressenz

Wenn Sie eine oder mehrere dieser Aussagen für sich bejahen können, dann könnte diese Essenz unterstützend für Sie sein:

- Es fällt mir schwer, zu vertrauen.
- Ich habe viele Ängste und Zweifel.
- Ich fühle mich oft festgefahren oder wie gelähmt und weiß dann nicht, wie ich vorwärts kommen kann.
- Ich glaube, es gibt in meinem Leben viele Hindernisse.
- Andere nehmen mich als angespannt und ängstlich wahr.

Holz

Das Holzelement steht für Aktion und Vision, aber auch für den Zorn. Weitere zugeordnete Assoziationen sind Geschrei und der spirituelle Daseinszweck. Die Archetypen des Holzelements sind der Visionär und der Pionier.

Die zugeordneten Körperfunktionen sind Bewegung, Aktion, Muskeln und Beweglichkeit. Auf der emotionalen Ebene steht das Element für Zorn und Frustration während die mentalen Zustände angriffslustig, aggressiv und wetteifernd sind. In spiritueller Hinsicht steht das Holzelement für die Seele.

Checkliste für die Holzessenz

Wenn Sie eine oder mehrere dieser Aussagen für sich bejahen können, dann könnte diese Essenz unterstützend für Sie sein:

- Ich lebe nicht das Leben, das ich gerne möchte.
- Ich glaube, dass ich nicht mein volles Potenzial nutze.
- Ich fühle mich oft niedergeschlagen und/oder frustriert.
- Ich habe keine Idee, warum ich hier auf der Erde bin.
- Andere nehmen mich als kreativ und entschlossen wahr.

DIE MISCHUNGEN FÜR TIERE

Tiere haben eine ausgeprägte Fähigkeit, Gefühle zu empfinden. Auch unsere tierischen Freunde wollen sich gut fühlen, und glücklich und zufrieden sein. Trauer, Einsamkeit, Angst, Vertrauensverlust und dysfunktionale Verhaltensmuster können dafür sorgen, dass ein Tier sein Leben nicht genießen kann. Chronische emotionale und mentale Imbalancen beeinflussen auf Dauer auch die Lebenskraft, das Wohlbefinden und auch die Gesundheit.

Die Mischungen für Tiere von Pacific Essences können Ihrem Tier auf energetischer Ebene dabei helfen, mit den kleinen und großen Herausforderungen des Alltags besser umgehen zu können und sich wohl dabei zu fühlen.

Balancer für Tiere

Balancer für Tiere ist dieselbe hochwertige Essenzenmischung, die auch für Menschen verfügbar, jedoch in der einfach zu verwendenden Sprühflasche für Tiere. Die Mischung enthält keinerlei Öle oder Düfte. Alle 12 Meridiane und sieben Chakren werden ausgeglichen, so dass Gefühle von Stress und Überwältigung verschwinden. Hilfreich in allen Situationen wenn akuter Stress auftritt. Löst auch die negativen Nebenwirkungen alten Stresses allmählich auf.

Meridiane: alle
Elemente: alle

Calming

Beruhigung

Bringt Frieden und Ruhe auf der körperlichen, mentalen und emotionalen Ebene. Beruhigt Nervosität und gleicht die Thymusdrüse aus.

Diese Essenz ist empfehlenswert wenn einer oder mehrere der folgenden Punkte auf Ihr Tier zutreffen: reizbar und aufgedreht, übernervös, ängstlich, Panikattacken, ruhelos, kann nicht zur Ruhe kommen, reagiert übersensibel auf externe Reize (z.B. Lärm), angespannt, übermäßig wachsam.

Meridiane: He, KS, Ni, Bl
Elemente: Feuer, Wasser

Confidence

Vertrauen und Zuversicht

Für Tiere, die das Vertrauen in sich selbst verloren haben, die schüchtern und unsicher sind und Angst vor Bestrafung haben.

Diese Essenz ist empfehlenswert wenn einer oder mehrere der folgenden Punkte auf Ihr Tier zutreffen: Mangel an Vertrauen, schüchtern, ängstlich, unsicher, Angst vor Bestrafung, Angst vor neuen Situationen, allzu unterwürfig, leicht gestresst.

Meridiane: He, Lu, Di, Ni, Le, Gb
Elemente: Feuer, Metall, Wasser, Holz

Element Erde für Tiere

Um sich verbunden und geerdet zu fühlen. Für diejenigen, die überfürsorgliche, besorgt oder ruhelos sind. Um sich sicher und geschützt zu fühlen. Unterstützt Tiere, die viel alleine sein müssen.

Diese Essenz ist empfehlenswert wenn einer oder mehrere der folgenden Punkte auf Ihr Tier zutreffen: Unruhe, Ängste und Sorgen um andere (überfürsorglich), wird durch Veränderungen im Außen unruhig, Probleme mit Grenzen, schlechte Verdauung, schlechtes Immunsystem.

Meridiane: Ma, MP, Lu, He
Elemente: Erde, Metall, Feuer

Element Feuer für Tiere

Freudvolle Beziehungen zu anderen. Jeder – Mensch und Tier – profitiert davon. Stärkt auf energetischer Ebene die Vitalität und eine spielerische Haltung. Diese Mischung kann bei lethargischen, depressiven Tieren helfen, die sich zurückziehen, gelangweilt sind und Probleme damit haben zu vertrauen. Unterstützt auch alle anderen Meridiane.

Diese Essenz ist empfehlenswert wenn einer oder mehrere der folgenden Punkte auf Ihr Tier zutreffen: Lethargie, geringe Vitalität, Mangel an Interesse am Leben, friert oder überhitzt leicht, sehr leicht reizbar, Stimmungsschwankungen, Probleme in Beziehungen.

Meridiane: He, Dü, KS, 3E
Elemente: Feuer

Element Holz für Tiere

Steht in Verbindung zu den Themen Beweglichkeit, Zufriedenheit und Daseinszweck. Durch den Leber und Gallenblasenmeridian stärkt diese Mischung, reinigt und klärt.

Diese Essenz ist empfehlenswert wenn einer oder mehrere der folgenden Punkte auf Ihr Tier zutreffen: Aggressives Verhalten, bissig, lautes Bellen, angespannter Körper, Augenprobleme, Steifheit, Spasmen, Lähmungen, Vergiftungen.

Meridiane: Gb, Le, Dü, Ni, Bl
Elemente: Holz, Feuer, Wasser

Element Metall für Tiere

Bringt Kontrolle und Flexibilität ins Gleichgewicht. Versetzt in die Lage, das Leben voller Zuversicht zu leben und mit Leichtigkeit loszulassen. Trauer und Traurigkeit sind die Emotionen, die mit dem Metallelement in Verbindung stehen. Erleichtert das Atmen und energetische Probleme mit Darm und Haut.

Diese Essenz ist empfehlenswert wenn einer oder mehrere der folgenden Punkte auf Ihr Tier zutreffen: Trauer/Traurigkeit, Widerstand bei Veränderungen, Übermäßig dominant oder unterwürfig, Probleme mit Lunge oder Dickdarm, Probleme mit Haut oder Federn/Fell.

Meridiane: Lu, Di, Ni, Ma, MP
Elemente: Metall, Wasser, Erde, Feuer

Element Wasser für Tiere

Korrespondiert mit Mut, sich mit der Angst zu Verbünden, Ängstlichkeit, Schüchternheit, Furchtsamkeit. Unterstützt auf energetischer Ebene die Gesundheit des Nervensystems und der Harnwege inkl. Nieren.

Diese Essenz ist empfehlenswert wenn einer oder mehrere der folgenden Punkte auf Ihr Tier zutreffen: Ängste/Phobien, Probleme zu Vertrauen, schüchtern, ängstlich, nervös, strukturelle Problem: Wirbelsäule, Knochen, Zähne, Probleme mit Blase/Harnwegen, übermäßiger oder geringer Durst.

Meridiane: Bl, Ni, Le, Gb, Ma, GG
Elemente: Wasser, Holz, Erde

Endings & Beginnings

Anfänge und Enden

Für Akzeptanz und inneren Frieden während großer Veränderungen im Leben eines Tieres – von der Geburt bis zum Ende des Lebens. Diese Essenz ist empfehlenswert wenn einer oder mehrere der folgenden Punkte auf Ihr Tier zutreffen: Trächtigkeit, Wehen und Geburt, Angst während der Tragezeit oder der Geburt, Unterstützung für den Sterbeprozess, Angst vor dem Sterben, Unruhe und Anspannung in den letzten Lebensstunden oder -tagen, Widerstand während des Sterbeprozesses; zur Beruhigung vor dem Einschläfern.

Meridiane: 3E, Ni, Bl, Gb, GG
Elemente: Feuer, Wasser, Holz

Handle with Care

Vorsichtig behandeln!

Für Tiere, die sich verletzlich fühlen, ängstlich sind und sich nicht berühren lassen. Diese Essenz fördert das Gefühl innerer Sicherheit, besonders bei Besuchen beim Tierarzt oder bei der Fellpflege.

Diese Essenz ist empfehlenswert wenn einer oder mehrere der folgenden Punkte auf Ihr Tier zutreffen: Angst vor dem Besuch beim Tierarzt oder bei der Fellpflege, möchte allgemein nicht berührt werden, möchte nicht, dass bestimmte Körperteile berührt werden, Erinnerungen an „schlechte Erfahrungen" beim Tierarzt etc., Nervosität, wenn etwas behandelt werden muss,

Widerstand, Angstbeißen, Gefühl der Unsicherheit.

Meridiane: He, MP, Lu, Nie, Bl, Le
Elemente: alle

Harmonious Relationships

Harmonische Beziehungen

Löst Konflikte und Hindernisse auf, wenn es darum geht, mit anderen Tieren oder Menschen klar zu kommen. Bringt Gleichgewicht und Harmonie in die Beziehungen unserer Tiere.

Diese Essenz ist empfehlenswert wenn einer oder mehrere der folgenden Punkte auf Ihr Tier zutreffen: Veränderungen im Zuhause, auch wenn jemand dazukommt oder weggeht, Konflikte mit Menschen oder anderen Tieren, zu dominant, Revierverhalten, aggressives Verhalten – zuhause oder draußen, Angstbeißen.

Meridiane: KS, 3E, Lu, Ni, ZG
Elemente: Feuer, Metall, Wasser

Healing & Health Support

Heilung und Gesundheit

Um den Körper durch die Rekalibration der Energiezentren zu unterstützen. Verbessert und unterstützt andere Behandlungen (allopatisch oder komplementärmedizinisch).

Diese Essenz ist empfehlenswert wenn einer oder mehrere der folgenden Punkte auf Ihr Tier zutreffen: Akute oder chronische Krankheiten, geringe Vitalität, Schmerzen, Anspannung oder Stress aufgrund von Krankheit, zieht sich bei Krankheit zurück, wirkt verzweifelt, wenn es sich nicht wohl fühlt, Altern im Allgemeinen.

Meridiane: He, Dü, Ni, Bl, Le, GG, ZG
Elemente: Feuer, Wasser, Holz

Healing Heart

Heilung des Herzens

Für den Schock und die Verzweiflung, die in Zusammenhang mit emotionalem Missbrauch und Traumen stehen. Hilft dem Tier, in einen Zustand innerer Zuversicht und Mutes zurückzukommen.

Diese Essenz ist empfehlenswert wenn einer oder mehrere der folgenden Punkte auf Ihr Tier zutreffen: Emotionale oder körperliche Traumen/Missbrauch, Probleme zu vertrauen, extrem vorsichtig in neuen Situationen, lässt niemanden an sich heran, isoliert sich selbst, übermäßig aggressives oder unterwürfiges Verhalten, Lebensmüdigkeit, Depression (mit oder ohne Appetitlosigkeit), vermeidet Augenkontakt.

Meridiane: Dü, KS, Ma, Lu, Di, Ni, GG
Elemente: Feuer, Erde, Metall, Wasser

56

Healing the Past

Die Vergangenheit heilen

Um traumatische Erfahrungen aus der Vergangenheit loszulassen, z.B. Vernachlässigung und/oder körperlichen Missbrauch. Kann dazu benutzt werden, um Stress zu reduzieren, Angst aufzulösen und alte seelische Wunden zu heilen. Ermöglicht es dem Tier, wieder Vertrauen zu fassen und sich in neuen Beziehungen sicher zu fühlen. Unterstützt die Meridiane Herz, Meister des Herzens, Milz/Pankreas, Niere, Gouverneursgefäß und Zentralgefäß.

Diese Essenz ist empfehlenswert wenn einer oder mehrere der folgenden Punkte auf Ihr Tier zutreffen: Missbrauch/Trauma in der Vergangenheit, Probleme zu vertrauen, distanziert anderen Menschen oder Tieren gegenüber, ängstlich, kauert, zittert, eingezogener Schwanz, versteckt sich oder uriniert bei Angst, leicht gestresst, selbstzerstörerisch bei Stress (beißt sich selbst, rupft Federn aus, exzessives Lecken etc.)

Meridiane: He, KS, MP, Ni, GG, ZG
Elemente: Feuer, Erde, Wasser

Inner Contentment

Innere Zufriedenheit

Für Tiere, die sich einsam fühlen. Erleichtert die Anpassung, wenn sie längere Zeit alleine bleiben müssen, z.B. in der Tierpension oder in der Urlaubszeit. Für Tiere, die unter Veränderun-

gen in der Menschenfamilie leiden. Hilft bei Trennungsängsten.

Diese Essenz ist empfehlenswert wenn einer oder mehrere der folgenden Punkte auf Ihr Tier zutreffen: Möchte nicht alleine sein, Trennungsangst, Zwingerangst, Einsamkeit oder Langeweile, Unsicherheit (läuft dem Besitzer hinterher), zerstörerisch, wenn alleine zuhause.

Meridiane: KS, Ma, MP, Ni, Gb
Elemente: Feuer, Erde, Wasser, Holz

New Habits

Neue Gewohnheiten

Für Tiere, die „schlechte" Angewohnheiten entwickelt haben, wie z.B. übermäßiges Bellen, in die Wohnung pinkeln, etc. Hilft dabei, das schlechte Verhaltensmuster loszulassen und neues Verhalten zu erlernen. (Bemerkung: Manchmal benutzen Tiere ihr Verhalten, um gesundheitliche Problem auszudrücken. Suchen Sie im Zweifelsfall einen Tierarzt oder -heilpraktiker auf).

Diese Essenz ist empfehlenswert wenn einer oder mehrere der folgenden Punkte auf Ihr Tier zutreffen: „Schlechtes" Verhalten, Konzentrationsprobleme, folgt nicht, zwanghaftes Verhalten, Abrichten funktioniert nicht, unmotiviert in Bezug auf Verhaltensänderungen.

Meridiane: Dü, KS, 3E, Ma, MP, Gb, GG
Elemente: Feuer, Erde, Holz

Return to Happiness

Wieder glücklich sein

Für Trauer und Traurigkeit aufgrund eines Verlustes – egal ob durch Tod oder Umzug/neues Herrchen. Hilft Tieren dabei, in Zeiten der Veränderung friedvoll zu bleiben.

Diese Essenz ist empfehlenswert wenn einer oder mehrere der folgenden Punkte auf Ihr Tier zutreffen: Trauer/Traurigkeit, Verlust von Bezugspersonen, große Veränderungen (Umzug, etc.), ist nicht mehr an Spiel/Spaziergang/Interaktion interessiert, Depression aufgrund eines Verlustes, zurückgezogen, appetitlos.

Meridiane: KS, Lu, Ni, Bl
Elemente: Feuer, Metall, Wasser

Travel with Ease

Mit Leichtigkeit reisen

Für Tiere, die beim Reisen oder im Auto gestresst, ängstlich oder übernervös sind.

Diese Essenz ist empfehlenswert wenn einer oder mehrere der folgenden Punkte auf Ihr Tier zutreffen: Angst vor Reisen, Reisekrankheit, Übelkeit, übermäßiges Sabbern, brechen auf Reisen, im Auto unruhig und nervös, bellt oder jammert beim Autofahren, uriniert im Auto.

Meridiane: He, KS, Ma, MP, Gb
Elemente: Feuer, Erde, Holz

DAS ABUNDANCE PROGRAMM

Das Abundance Programm (engl. Abundance = Wohlstand, Reichtum, Überfluss, Fülle) ist eine 22 Tage dauernde Verpflichtung uns selbst gegenüber. Es wird durchgeführt, während man täglich die Abundance Essenz einnimmt und das Öl anwendet.

Ohne zu übertreiben kann man sagen, dass mit Hilfe des dieses Programms Menschen ihr Leben in kurzer Zeit radikal zum Besseren verändert haben. Erfahrungsberichte zum Abundance Programm finden Sie im Buch „Energy Medicine 2 – Mehr Heilung aus dem Königreich der Natur" von Sabina Pettitt (ISBN 383-709-289-5).

Der Zweck dieses 22-tägigen Programms ist der Aufbau eines neuen Rahmens innerhalb dessen wir Fülle in allen Bereichen des Lebens manifestieren können. Man kann den Schwerpunkt auf Geld, Beziehungen, die Arbeit, die Familie, die Gesundheit oder jedes beliebige andere Feld legen, in dem man Mangel oder Knappheit empfindet. Das Abundance Programm besteht aus einem Booklet mit 22 Übungen, einer CD mit geführten Meditationen zu einzelnen Übungen, der Abundance Essenz und dem nach Mandarine duftenden Abundance Öl.

Die täglichen Übungen sind einfach und effektiv. Jede einzelne Übung wurde konzipiert, um „Krempel" loszulassen, der uns nicht länger dient oder uns dabei zu helfen, eine bestimmte Erfahrung von Fülle in unserem Leben zu machen. Die Übungen, die Essenz und das Öl bewirken gemeinsam eine Neuausrichtung des Zellgedächtnisses so dass man die eigene innere Kraft tatsächlich erfahren kann, die das manifestiert, was man sich wirklich wünscht.

Die Abundance Essenz löst Selbstzweifel auf, steigert den Selbstwert und fördert die Bereitschaft, zu empfangen und am Fluss des Lebens teilzuhaben. Sie ist eine Essenz der Transformation des Bewusstseins. Wenn man die Essenz einnimmt, erzeugt sie ein Energiefeld in uns, das uns dabei hilft, all die Dinge wie ein Magnet anzuziehen, die wir wirklich haben wollen.

Das Abundance Öl riecht nach Mandarine und erinnert unsere Zellen daran, wie es ist, sich zufrieden und genährt zu fühlen. Es gibt für die Sinne nichts Schöneres und Befriedigenderes, als eine reife, saftige Mandarine zu schälen und zu essen.

59

In der Numerologie ist die 22 eine Hauptzahl, die die Energie enthält, eine stabile und beständige Grundlage in der materiellen Welt zu erschaffen. Gleichzeitig hilft sie uns, in der Lage zu sein, unser Gespür für die geistige Führung in Anspruch zu nehmen um uns bei unseren Handlungen zu unterstützen. Während dieses Programms ist ein Engel unser geistiger Führer. Dieser ganz besondere Engel ist immer für uns da, sobald wir uns auf ihn einstimmen.

Die 22 ist außerdem die Anzahl der Karten in der großen Arkana des Tarots. Und die große Arkana ist eine bildhafte Beschreibung des Weges der Seele durch das Leben – mit allen Herausforderungen, die sich ihr stellen und allen Geschenken, die ihr zur Verfügung stehen. Die Absicht des Abundance Programms ist es, während der 22 Tage eine Energiematrix zu erschaffen, die eine Grundlage für die neue Erfahrung von Fülle und Wohlstand in unserem Leben ist.

Die 22 Schritte des Programms

Tag 1:	Die Definition von Fülle
Tag 2:	Glaubenssätze identifizieren
Tag 3:	Glaubenssätze loslassen
Tag 4:	Selektive Erinnerung
Tag 5:	Deinen Fülle-Quotienten einschätzen
Tag 6:	Wünsche identifizieren
Tag 7:	Lerne Deinen Engel der Fülle kennen
Tag 8:	Gewohnheitsmuster verändern
Tag 9:	Die Karte der Fülle
Tag 10:	Ausmisten
Tag 11:	Vertrauen
Tag 12:	Den Zehnten bezahlen
Tag 13:	Emotionen loslassen
Tag 14:	Dankbarkeit
Tag 15:	Zuhören
Tag 16:	Sich selbst wertschätzen
Tag 17:	Die Saat gießen
Tag 18:	Positive Erwartungshaltung
Tag 19:	Unbewusste Impulse
Tag 20:	Sprache & Kommunikation
Tag 21:	Segen spenden
Tag 22:	Deine Geschichte der Fülle

DIE ABUNDANCE WOHLSTANDSKARTEN

Die Abundance Wohlstandskarten können entweder separat oder in Verbindung mit der Abundance Essenz, dem Abundance Öl oder dem Abundance Spray als Werkzeug zur Inspiration und Transformation benutzt werden. Die Karten sind wie intuitive Wegweiser, um alles aufzulösen, was Dich davon abhält, Dein Leben vollständig und voller Freude über die Fülle in dieser Welt der unendlichen Möglichkeiten zu leben.

Die Idee und die Erfahrung von Wohlstand und Fülle lässt sich auf alle Bereiche unseres Lebens anwenden - Gesundheit, Arbeit, Beziehungen und unser Bild von uns selbst. Wir leben in einem Feld unendlicher Möglichkeiten. Das gesamte Universum, einschließlich unseres eigenen Körpers und Geistes, ist Energie und Information, die sich konstant verändern und uns ständig neue Möglichkeiten und Hilfestellungen geben.

Ziehe einfach jeden Tag eine Karte. Achte darauf, welche dabei häufiger als andere auftauchen. Vielleicht will es Dir etwas sagen, wenn Du immer wieder dieselbe Karte erhältst. Wenn Du eine Karte ziehst, dann kannst Du zusätzlich einige Tropfen der Abundance Essenz nehmen oder das Abundance Spray verwenden.

Das Kartenset besteht aus 33 Karten mit hübschen Ilustrationen. Auf der Rückseite ist ein kurzer Text mit Anleitungen und Inspirationen für das jeweilige Thema.

Das Kartenset kann entweder zur täglichen Inspiration verwendet werden, oder als 33-tägiges Programm mit spezifischem Fokus, analog zum Abundance Programm für Wohlstand und Fülle durchgeführt werden.

THE POWER OF ONE PROGRAM KIT

Dieses Programm ist aktuell nur auf englisch verfügbar.

This is an opportunity to use three powerful new Essences to Embrace Silence, Cultivate Success and Contribute to A New World of Hope as you come into alignment with better choices and your own life purpose.

The Power of One is a 33 day self-care program - Includes 3 Playbooks, 3 Essences (Infinite Potential, Essence of Success, and A New World of Hope), and one instructional guide.

The Power of One Program is a journey to reconnect with yourself, your inner knowing and ultimately to connect with your life purpose.

The purpose of The Power of One Program is to claim your personal power to transform your own life.

Each exercise is designed to give you a moment to reflect on where you are and to consider possibilities of where you want to be. The Essences are powerful tools to open new perceptions and possibilities.

As you work with the Essences and Playbooks, you will learn to:

- Listen to your own soul
- Calm your mind
- Release toxic emotions
- Activate your ability to access your inner guidance
- Connect with your own unique mission – your soul purpose

62

ESSENZEN NACH MERIDIANEN

Zentralmeridian

Bloodstone, Hooker's Onion, Indian Pipe, Nootka Rose, Sapphire, Tourmaline, Whale

Gouverneursmeridian

Bloodstone, Douglas Aster, Hooker's Onion, Nootka Rose, Sapphire, Sea Horse, Tourmaline, Whale

Magenmeridian

Amber, Bloodstone, Crocoite, Galena, Grape Hyacinth, Grass Widow, Hermit Crab, Hooker's Onion, Iolite, Jasper, Silica, Narcissus, Nootka Rose, Pacific Yew, Red Huckleberry, Sapphire, Sea Lettuce, Sea Palm, Sponge, Tiger's Eye, Tourmaline, Wallflower, Windflower

Milz/Pankreas Meridian

Bloodstone, Celestite, Dolphin, Fluorite, Goatsbeard, Hooker's Onion, Jasper, Moonstone, Nootka Rose, Opal, Pipsissewa, Rhodochrosite, Sapphire, Sea Turtle, Silver Birch, Syringa, Tiger's Eye, Tourmaline, Viburnum, Urchin, Wallflower

Herzmeridian

Aventurine, Bloodstone, Diatoms, Dolphin, Emerald, Fireweed, Hooker's Onion, Jellyfish, Kunzite, Lily of the Valley, Nootka Rose, Pearl, Periwinkle, Red Garnet, Rubellite, Salal, Sapphire, Satomi Dogwood, Tourmaline

Dünndarmmeridian

Alder, Barnacle, Bloodstone, Goatsbeard, Hooker's Onion, Nootka Rose, Quartz, Ruby, Salal, Sapphire, Sea Lettuce, Tourmaline

Blasenmeridian

Bloodstone, Blue Camas, Brown Kelp, Candy Stick, Easter Lily, Fuchsia, Garry Oak, Green Tourmaline, Hooker's Onion, Nootka Rose, Salmonberry, Sapphire, Snowberry, Snowdrop, Tourmaline

Nierenmeridian

Apophyllite, Azurite, Bloodstone, Bluebell, Blue Camas, Calcite, Candystick, Carnelian, Chrysocolla, Coral (Meeresessenz und Edelsteinessenz), Death Camas, Douglas Aster, Easter Lily, Elderberry, Fuchsia, Green Tourmaline, Hematite, Hooker's Onion, Lapis Lazuli, Lepidolite, Muscovite, Nootka Rose, Onyx, Opal, Ox-Eye Daisy, Pipsissewa, Red Garnet, Rhodochrosite, Rutile, Sapphire, Selenite, Smoky Quartz, Snowberry, Snowdrop, Sugelite, Sulphur, Surgrass, Topaz, Tourmaline, Turquoise, Unakite, Wavellite

Meister des Herzens, Kreislauf/Sexus Meridian

Alum Root, Aquamarine, Bloodstone, Cherry, Harvest Lily, Hooker's Onion, Larimar, Nootka Rose, Ox-Eye Daisy, Pink Seaweed, Purple Magnolia, Rose Quartz, Sapphire, Sea Turtle, Tourmaline

Dreifacher Erwärmer Meridian

Bloodstone, Copper Beech, Fire Agate, Harvest Lily, Hooker's Onion, Moon Snail, Nootka Rose, Orange Honeysuckle, Poplar, Rainbow Kelp, Sapphire, Tourmaline, Viburnum

Gallenblasenmeridian

Bloodstone, Chickweed, Forsythia, Fuchsite, Green Tourmaline, Hawthorn, Hooker's Onion, Jade, Jasper, Malachite, Mussel, Nootka Rose, Pearly Everlasting, Peridot, Plantain, Poison Hemlock, Red Huckleberry, Sapphire, Serpentine, Staghorn Algae, Tourmaline, Twin Flower, Weigela

Lebermeridian

Anemone, Arbutus, Azurite, Blue Lace Agate, Bloodstone, Blue Lupin, Carnelian, Chiton, Fuchsite, Green Garnet, Green Tourmaline, Hooker's Onion, Jasper, Maple, Nootka Rose, Pearly Everlasting, Plantain, Pipsissewa, Sapphire, Serpentine, Tourmaline, Twin Flower, Weigela

Lungenmeridian

Amethyst, Aragonite, Arbutus, Bloodstone, Bluebell, Death Camas, Fairy Bell, Grape Hyacinth, Hemlock, Hooker's Onion, Indian Pipe, Nootka Rose, Onyx, Polyanthus, Purple Crocus, Rhodonite, Sand Dollar, Sapphire, Sea Horse, Tourmaline, Vanilla Leaf

Dickdarmmeridian

Bloodstone, Camellia, Citrine, Grass Widow, Hooker's Onion, Jade, Nootka Rose, Obsidian, Polyanthus, Sapphire, Sitka Spruce, Starfish, Tourmaline, Vanilla Leaf

ESSENZEN NACH CHAKREN

Wurzelchakra

Alder, Bloodstone, Blue Lupin, Brown Kelp, Calcite, Chickweed, Hooker's Onion, Indian Pipe, Narcissus, Nootka Rose, Onyx, Polyanthus, Red Garnet, Sea Horse, Selenite, Snowdrop, Staghorn Algae, Tourmaline, Twin Flower

Sakralchakra

Candystick, Coral (Edelsteinessenz), Death Camas, Dolphin, Fuchsia, Garry Oak, Hooker's Onion, Iolite, Moon Snail, Muscovite, Mussel, Narcissus, Nootka Rose, Orange Honeysuckle, Periwinkle, Pink Seaweed, Plantain, Rutile, Sea Horse, Smoky Quartz, Tourmaline, Turquoise

Nabelchakra

Pearly Everlasting, Rainbow Kelp

Milzchakra

Maple

Meng Mein

Copper Beech, Elderberry, Hooker's Onion, Moon Snail, Nootka Rose, Sea Horse, Smoky Quartz, Whale

Solarplexus-Chakra

Amber, Anemone, Apophyllite, Blue Camas, Camellia, Carnelian, Citrine, Coral (Meeresessenz), Crocoite, Dolphin, Green Tourmaline, Harvest Lily, Hematite, Hooker's Onion, Jade, Jasper, Malachite, Nootka Rose, Obsidian, Opal, Orange Honeysuckle, Pacific Yew, Pink Seaweed, Peridot, Pipsissewa, Purple Magnolia, Red Huckeberry, Rhodochrosite, Sea Lettuce, Silica, Snowdrop, Sulphur, Tiger's Eye, Tourmaline, Urchin, Wallflower

Herzchakra

Alum Root, Aragonite, Barnacle, Chrysocolla, Death Camas, Diatoms, Dolphin, Douglas Aster, Emerald, Easter Lily, Fire Agate, Fireweed, Fuchsite, Grass Widow, Hooker's Onion, Jade, Kunzite, Larimar, Nootka Rose, Pearl, Quartz Crystal, Red Garnet, Rose Quartz, Rubellite, Ruby, Salal, Sea Palm, Silver Birch, Sea Turtle, Snowberry, Surfgrass, Syringa, Tourmaline, Twin Flower, Windflower

Kehlchakra

Aquamarine, Aragonite, Blue Camas, Blue Lace Agate, Bluebell, Candystick, Chickweed, Chiton, Chrysocolla, Coral (Meeresessenz), Dolphin, Hermit Crab, Hooker's Onion, Iiolite, Jellyfish, Lily of the Valley, Nootka Rose, Pipsissewa, Poplar, Purple Crocus, Rhodonite, Sand Dollar, Sapphire, Satomi Dogwood, Tourmaline, Weigela, Windflower, Yellow Pond Lily

Nackenchakra

Poplar

Drittes Auge

Aragonite, Aventurine, Azurite, Celestite, Cherry, Dolphin, Easter Lily, Fairy Bell, Fluorite, Galena, Goatsbeard, Grape Hyacinth, Green Garnet, Hooker's Onion, Lapis Lazuli, Moonstone, Nootka Rose, Ox-Eye Daisy, Pearly Everlasting, Rainbow Kelp, Salmonberry, Serpentine, Sitka Spruce, Sugelite, Tourmaline, Vanilla Leaf, Viburnum, Wavellite, Weigela, Whale

Kronenchakra

Amethyst, Arbutus, Aventurine, Brown Kelp, Dolphin, Easter Lily, Forsythia, Harvest Lily, Hawthorn, Hemlock, Hooker's Onion, Lepidolite, Nootka Rose, Periwinkle, Plantain, Posion Hemlock, Purple Magnolia, Snowdrop, Sponge, Starfish, Urchin, Topaz, Tourmaline, Unakite, Vanilla Leaf, Whale

FORTLAUFENDE TESTLISTE

197 Essenzen

Diese Testliste ist für Menschen gemacht, die Essenzen per Muskeltest, Pendel, Biotensor oder irgendeine andere Art austesten möchten. Sie enthält alle Essenzen in fortlaufender Nummerierung, so dass Sie einfach über ihre Nummer ausgetestet werden können. Auf der rechten Seite finden Sie die zugehörige Seitenzahl in diesem Buch.

ESSENZENVERZEICHNIS

68

BEZUGSQUELLEN

Die Produkte und Publikationen von Pacific Essences können in Deutschland, Österreich und der Schweiz bezogen werden bei:

Der Essenzenladen
Schweinheimer Str. 6 B
63739 Aschaffenburg

Tel.: +49 6021 22001
Fax: +49 6021 22010
E-Mail: info@essenzenladen.de
https://www.essenzenladen.de

Für Bestellungen aus dem nichteuropäischen Ausland finden Sie einen Distributor in Ihrer Nähe auf der offiziellen Website von Pacific Essences:

http://www.pacificessences.com

PUBLIKATIONEN

Pettitt, Sabina (2000). **Energy Medicine** – Heilung aus dem Königreich der Natur. Bielefeld, Deutschland: Reise-Know-How Verlag.

Pettitt Sabina (2017). **Energy Medicine 2** – Mehr Heilung aus dem Königreich der Natur. Norderstedt, Deutschland: Books on Demand.

Pettitt Sabina (2000). **Energy Medicine Kartenset.** Sooke, Kanada. Pacific Essences.

Pettitt Sabina (2005). **Das Abundance Programm für Wohlstand und Fülle.** Aschaffenburg, Deutschland. Sann GmbH

Pettitt Sabina (2014). **Die Abundance Wohlstandskarten.** Sooke, Kanada. Pacific Essences.